Un trato con el jefe
Barbara Dunlop

Editado por Harlequin Ibérica.
Una división de HarperCollins Ibérica, S.A.
Núñez de Balboa, 56
28001 Madrid

I.S.B.N.: 978-84-687-9515-7
Depósito legal: M-3390-2017
Impresión en CPI (Barcelona)
Fecha impresion para Argentina: 23.10.17
Distribuidor exclusivo para España: LOGISTA
Distribuidores para México: CODIPLYRSA y Despacho Flores
Distribuidores para Argentina: Interior, DGP, S.A. Alvarado 2118.
Cap. Fed./Buenos Aires y Gran Buenos Aires, VACCARO HNOS.

Capítulo Uno

La noche del sábado acabó pronto para Lawrence, Tuck, Tucker. La cita no había ido bien. Ella se llamaba Felicity. Tenía una sonrisa radiante, cabello rubio, un cuerpo maravilloso y una elevada inteligencia. Pero no paraba de hablar con su voz chillona, además de estar en contra de subvencionar las guarderías y el deporte infantil. Para colmo de males, odiaba a los Bulls. ¿Qué habitante de Chicago que se preciara odiaba a los Bulls? Era pura deslealtad.

Después de la cena, Tuck estaba cansado de escucharla, así que decidió dejarla en su piso con un leve rápido beso de despedida.

Al entrar en el vestíbulo de la mansión familiar de los Tucker, pensó que el sábado por la mañana había quedado con su amigo Shane Colborn para jugar al baloncesto.

–Es una imprudencia –la voz airada de su padre, Jamison Tucker, le llegó desde la librería.

–No digo que vaya a ser fácil –contestó Dixon, el hermano mayor de Tuck, lleno de frustración.

Los dos hombres dirigían Tucker Transportation, un conglomerado de empresas multinacionales. No era habitual que discutieran.

–Eso es quedarse corto –afirmó Jamison–. ¿Quién va a ofrecerse? Yo estoy muy ocupado. Y no vamos a mandar a un ejecutivo con poca experiencia a Amberes.

–El director de operaciones no es un ejecutivo sin experiencia.

–Necesitamos al vicepresidente para representar a la empresa. Te necesitamos a ti.

–Pues manda a Tuck.

–¿A Tuck? –se burló su padre.

El desprecio de su padre le molestó. Incluso después de tantos años, seguía doliéndole que su padre no le respetara ni creyera en él.

–Es uno de los vicepresidentes.

–Solo de nombre. Conoces los defectos de tu hermano tan bien como yo. ¿Y resulta que, precisamente ahora, quieres tomarte unas largas vacaciones?

–No he podido elegir el momento.

–Ella te ha hecho daño, hijo –afirmó su padre moderando el tono de voz–. Todos lo sabemos.

–La que ha sido mi esposa durante diez años ha traicionado todas las promesas que nos hicimos. ¿Sabes lo que se siente?

Tuck se compadeció de Dixon. Había pasado unos meses terribles desde que pilló a Kassandra en la cama con otro hombre. Los papeles definitivos del divorcio habían llegado esa semana. Dixon no había querido hablar de ello.

–Es normal que estés enfadado. Pero ella, gracias al acuerdo prematrimonial, se marcha casi sin nada.

–Para ti, todo es cuestión de dinero, ¿no? –observó Dixon con voz carente de emoción.

–Para ella lo ha sido.

La conversación se detuvo unos segundos.

–Tuck se merece una oportunidad.

–Ya la tuvo.

«¿Cuándo?», quiso gritar Tuck. ¿Cuándo había tenido la oportunidad de hacer algo que no fuera estar sentado en su despacho sintiéndose como un huésped inoportuno? Pero se recordó que le daba igual lo que dijera su padre, que su única defensa era no preocuparse del respeto ni del reconocimiento, ni de no hacer contribución alguna al negocio familiar.

Tuck volvió a abrir la puerta principal y la cerró de un portazo.

–¿Hola? –gritó mientras se dirigía a la biblioteca para darles tiempo a fingir que estaban hablando de otra cosa.

–Hola, Tuck –lo saludó su hermano.

–No he visto tu coche fuera.

–Lo he aparcado en el garaje.

–Entonces, ¿vas a quedarte?

Dixon tenía un ático en el centro de la ciudad, donde había vivido con Kassandra, pero, a veces, pasaba uno o dos días en el hogar familiar.

–Voy a quedarme. Hoy he vendido el ático.

Por la expresión de su padre, Tuck supo que era la primera noticia que tenía.

Tuck se aflojó la corbata y se la quitó.

–¿Qué tal la cita? –preguntó su padre.

–Bien.

–¿Era la primera cita? –preguntó su hermano.

–La primera y la última –contestó él mientras agarraba un vaso del mueble bar y se servía un whisky–. ¿Te apetece venir a jugar mañana al baloncesto con Shane?

–No puedo.

–¿Tienes trabajo?

–Tengo que acabar de atar algunos cabos.

–¿Del ático? –Tuck se volvió hacia los otros dos.

–Y de otras cosas –respondió Dixon con expresión inescrutable.

Tuck tuvo la sensación de que ocultaba algo, pero los hermanos no hablaban con sinceridad delante de su padre. Ya le pondría al corriente de lo que fuera al día siguiente. ¿Era cierto que se iba a tomar unas largas vacaciones? Tuck se quedaría muy sorprendido si fuera así, porque su padre tenía razón: Tucker Transportation necesitaba a Dixon para funcionar. Y él no era un sustituto adecuado.

Amber Bowen miró a los ojos del presidente de Tucker Transportation y mintió.

–No –dijo a Jamison Tucker–. Dixon no me ha dicho nada.

Era leal a su jefe, Dixon Tucker. Cinco años antes, le había dado una oportunidad cuando nadie más se la había ofrecido. Amber carecía de estudios superiores y de experiencia laboral. Él había confiado en ella, por lo que no estaba dispuesta a defraudarlo.

–¿Cuándo habló con él la última vez?

Jamison Tucker imponía sentado al escritorio de su despacho, en la planta trigésimo segunda del edificio de Tucker Transportation. Su pelo cano estaba impecablemente peinado y llevaba un traje hecho a medida para disimular el prominente estómago. No era tan alto como sus hijos, pero lo compensaba con una mayor corpulencia. Tenía el cuello de un *bulldog* y el rostro cuadrado.

–Ayer por la mañana –contestó Amber. Era verdad.

–¿No lo vio ayer, después de cerrar el despacho? –pregunto Jamison mirándola con recelo.

–No –¿por qué le había hecho esa pregunta? ¿Por qué en ese tono?

–¿Está segura? –preguntó Jamison con expresión escéptica.

–¿Tiene algún motivo para creer que lo viera ayer por la noche?

–¿Lo vio? –preguntó él con voz triunfante.

No lo había visto, pero sabía dónde estaba: en el aeropuerto, subiendo a un jet privado con destino a Arizona. Sabía que se marchaba de Chicago y que no volvería en mucho tiempo. Dixon le había dicho que había dejado una nota a su familia para que no se preocupara. Y le había hecho prometer que no hablaría de ello con nadie. Y ella estaba cumpliendo su promesa.

La familia de Dixon se aprovechaba de su bondad natural y de su ética del trabajo. El resultado era que estaba sobrecargado de trabajo y agotado. Y el divorcio le había afectado mental y emocionalmente. Si no buscaba ayuda con rapidez se derrumbaría.

Amber sabía que había intentado explicárselo a su familia. Esta se había negado a escucharlo, por lo que no había tenido más remedio que desaparecer.

–¿Está insinuando que tengo una relación personal con Dixon?

–No insinúo nada.

–Sí, lo hace. Y no es la primera vez –Amber sabía que pisaba terreno resbaladizo, pero estaba enfadada por Dixon, ya que había sido su esposa la que le había engañado, no al revés.

–¿Cómo se atreve? –masculló Jamison.

–¿Cómo se atreve usted? Confíe en su hijo.

Los ojos de Jamison parecieron salírsele de las órbitas y se puso rojo como un tomate.

Amber se agarró a los brazos de la silla pensando que la despediría.

Pero Jamison lanzó un grito ahogado y se llevó la mano al pecho. Se puso rígido y jadeó tres veces. Amber se levantó de un salto.

–¿Señor Tucker? –estaba aterrorizada.

Llamando a gritos a la secretaria, agarró el teléfono y llamó al 911. Margaret Smithers, la secretaria de Jamison, entró corriendo. Mientas Amber daba instrucciones al operador por teléfono, Margaret llamó a la enfermera de la empresa.

Al cabo de unos minutos, esta había tumbado a Jamison boca arriba en el suelo e intentaba reanimarlo. Amber observaba la escena horrorizada. ¿Iba a morirse allí mismo, en el despacho? Debía hablar con la familia.

–Tengo que llamar a Tuck –le dijo a Margaret, que, blanca como la cera, se había arrodillado al lado de Jamison.

–En mi escritorio –susurró–. Hay una lista de teléfonos en la que está su número de móvil.

Mientras Amber marcaba el número, pasaron unos enfermeros a toda prisa con una camilla.

–¿Sí? –dijo Tucker.

Amber carraspeó al tiempo que intentaba no mirar por la puerta del despacho de Jamison.

–Soy Amber Bowen –dijo intentando que la voz no le temblara. Se dio cuenta de que Tuck no reconocía su nombre–. Soy la secretaria de Dixon.

–Ah, sí.

–Tiene que venir al despacho.

–¿Por qué?

–Es su padre.

–¿Mi padre quiere que vaya al despacho?

–Hemos tenido que llamar a una ambulancia.

–¿Se ha caído?

–Esta inconsciente.

–¿Cómo? ¿Por qué?

–No lo sé.

–¿Cómo que no lo sabe?

–Le están poniendo en una camilla. No he querido llamar a su esposa para no asustarla.

–Ha hecho lo correcto.

–Tendría que ir al hospital Central.

–Voy para allá.

–Muy bien.

La comunicación se cortó y Amber colgó. Los enfermeros pasaron empujando la camilla. Jamison llevaba una mascarilla de oxígeno y le habían puesto suero.

Amber se dejó caer en la silla de Margaret al tiempo que esta y la enfermera salían del despacho. La secretaria tenía los ojos enrojecidos. Amber volvió a ponerse de pie.

–Todo saldrá bien. Estará muy bien atendido –afirmó la enfermera antes de seguir a los enfermeros.

–¿Cómo ha podido pasar algo así? –se preguntó Margaret.

–¿Tiene problemas de corazón? –indagó Amber.

–No. Ayer por la noche estaba de muy buen humor. Bebimos vino.

–¿Tomasteis vino en su despacho?

Margaret se quedó inmóvil. Su expresión era de pánico y culpa. Retrocedió y desvió la mirada.

–No fue nada.

Amber estaba asombrada. ¿Jamison y Margaret habían estado juntos la noche anterior? ¿Juntos, juntos? Eso parecía. Margaret rodeó rápidamente el escritorio y se sentó en su silla.

–Tengo que…

–Claro –Amber sabía que debía dar por terminada la conversación y volver a su escritorio–. ¿Te ha contado Jamison lo de Dixon?

–¿Qué le pasa?

–Nada –respondió Amber, pensando que eso podía esperar–. Hablaremos luego.

Dejó que Margaret siguiera con su trabajo mientras pensaba en todo lo que debía hacer.

Dixon se había ido y Jamison estaba enfermo, lo cual implicaba que nadie estaba al frente de la empresa. Quedaba Tuck, pero no quería imaginarse lo que sucedería si este tomaba las riendas. En realidad, no era vicepresidente, sino un juerguista que se pasaba por el despacho de vez en cuando, lo que provocaba palpitaciones a la mitad del personal femenino.

Una semana después, Tuck tuvo que aceptar la realidad. Su padre iba a estar semanas, o tal vez meses, recuperándose del infarto, y Dixon había desaparecido. Alguien debía dirigir Tucker Transportation, y ese alguien era él.

Los directivos se hallaban sentados alrededor de la mesa de la sala de juntas y parecían muy preocupados por verle ocupando la silla del presidente. Tuck no los culpaba.

–Lo que no entiendo –dijo Harvey Miller– es por qué no has hablado con Dixon.

Tuck aún no había decidido qué contar sobre la desaparición de su hermano.

–Dixon está de vacaciones.

–No lo sabía –apuntó Mary Silas, sorprendida. Era la directora de recursos humanos y siempre se enorgullecía de estar al tanto de todo.

–Pues que vuelva –dijo Harvey.

Tuck examinó el rostro de los cinco ejecutivos.

–Quiero un informe de cada uno de vosotros del estado de la empresa, mañana por la mañana. Amber concertará reuniones individuales conmigo –aunque no tuviera ni idea de lo que iba a hacer, debía ocultar su incertidumbre.

–¿Puede Dixon intervenir al menos en las reuniones vía conferencia? –preguntó Harvey.

–No está disponible.

–¿Dónde está?

Tuck lo fulminó con la mirada.

–¿Quieres un informe completo o bastará con un resumen? –preguntó Luca Steele. Era el ejecutivo más joven, el director de operaciones, y se movía entre dos mundos: el de los contables y abogados, que establecían estrategias de dirección, y el de los directores de transportes de todo el mundo, que eran los que se encargaban de transportar los productos entre dos puntos.

–Bastará con un resumen –Tuck agradeció su enfoque pragmático de la situación. Y aprovechó para dar por concluida la reunión.

–Gracias –dijo levantándose.

Los ejecutivos salieron y lo dejaron a solas con Amber, la secretaria de Dixon.

No había reparado mucho en ella antes, pero en aquel momento le pareció un modelo de for-

12

taleza y eficiencia. Tenía todo el aspecto de una secretaria digna de confianza: cabello castaño recogido en una trenza, maquillaje mínimo, traje de chaqueta gris y blusa blanca.

Solo dos cosas de ella le despertaban su interés como hombre: los mechones de cabello que se le habían escapado de la trenza y las sandalias de alto tacón con suela dorada. Los mechones eran encantadores; las sandalias, fascinantes. Ambos podrían haberle excitado si lo hubiera deseado.

–Hay que conseguir que vuelva Dixon –afirmó. Eso era lo prioritario.

–No creo que debamos molestarlo –contestó ella, lo cual le pareció ridículo a Tuck.

–Tiene que dirigir la empresa.

–Usted tiene que dirigir la empresa –afirmó ella con un brillo de irritación en sus ojos azules.

Tuck no estaba preparado para que se mostrara hostil con él, lo cual despertó su interés, aunque tampoco pensaba prestarle mucha atención.

–Ambos sabemos que eso no va a suceder –afirmó él.

–Ninguno de los dos lo sabemos.

Tuck no era excesivamente partidario de respetar la jerarquía, pero su actitud de enfrentamiento le pareció inadecuada.

–¿Le habla así a Dixon?

–¿Cómo?

–Sabe perfectamente a lo que me refiero.

–Dixon necesita estar solo. El divorcio ha sido muy duro para él.

—Está mejor sin ella.

—Desde luego.

—¿Le ha hablado él de su esposa? —Tuck estaba sorprendido. Se preguntó qué grado de intimidad habría entre ellos. ¿Era su confidente o algo más?

—Los veía juntos, y a veces oía algunas de sus conversaciones.

—¿Me está diciendo que los espiaba?

—Lo que le estoy diciendo es que ella gritaba mucho.

—¿Y no podía marcharse y dejar que hablaran en privado?

—No siempre. Mi trabajo implica estar sentada a mi escritorio, que está frente al despacho de Dixon.

—Entiendo.

—Basta ya —le espetó ella.

—¿De qué?

—De insinuar y no hablar claro. Si tiene algo que preguntarme, pregúntemelo.

—¿Qué era usted para mi hermano?

—Su secretaria de confianza.

—¿Y cuáles de sus deberes eran confidenciales?

—Todos.

—Sabe lo que le estoy preguntando.

—Pues pregúntemelo.

A pesar de su actitud, a Tuck le gustaba. Admiraba su sinceridad.

—¿Se acostaba con mi hermano? —la miró a los ojos y, de pronto, le importó lo que le fuera a responder. No quería que fuera la amante de Dixon.

–No.

–¿Está segura? –preguntó él, aliviado.

–No se me habría olvidado. Se me pueden olvidar las llaves del coche o comprar comida para el gato. Pero ¿tener sexo con mi jefe? Sí, Tuck, estoy segura, y espero que no te importe que te tutee.

A él le entraron ganas de besarla. Experimentó un repentino deseo de abrazarla y saborear aquellos labios atrevidos.

–¿Tienes gato?

–Céntrate, Tuck. Dixon no va a volver, al menos durante cierto tiempo. Tienes trabajo y no voy a dejar que te escaquees.

Sus ganas de besarla aumentaron.

–¿Y cómo vas a conseguirlo?

–Mediante la persuasión, la persistencia y la coacción.

–¿Crees que puedes coaccionarme?

–Lo que creo es que en algún rincón de tu interior anida el deseo de ser un triunfador, de ser un hombre que impresione a su padre.

Se equivocaba. La verdad era que no deseaba impresionar a su padre, pero sí a Amber, mucho más de lo que había querido impresionar a una mujer en mucho tiempo.

Por desgracia, ella no iba a ver en acción al Tuck sofisticado, mundano y rico, sino que iba a verlo actuar a tientas para dirigir una empresa multimillonaria. No se le ocurría una situación menos favorecedora.

Capítulo Dos

Amber se debatía entre la irritación y la compasión. La semana anterior, Tuck había llegado al despacho a las ocho en punto. Se le veía un poco grogui, por lo que ella había adoptado la costumbre de tenerle preparado un café en el escritorio cuando entraba en el despacho. Suponía que no había modificado sus hábitos de playboy para ajustarlos a su horario laboral.

Amber se había trasladado al escritorio frente al despacho de Tuck, ya que este no tenía secretaria propia y se estaba encargando del trabajo de Dixon y de Jamison. Margaret estaba de baja desde el infarto de Jamison, por lo que Amber se había hecho cargo de todo.

Esa mañana, se oyeron voces en el despacho de Tuck. Estaba reunido con Zachary Ingles, el director de mercadotecnia. Faltaban dos semanas para una importante feria de comercio en Nueva York y los plazos de entrega se acumulaban.

—Se te había encargado decidir el *branding* definitivo —gritó Zachary—. Te mandé tres opciones. Está todo en el correo electrónico.

—Hay dos mil correos en la bandeja de entrada —replicó Tuck.

–Tu falta de organización no es mi problema. Se nos ha pasado el plazo de impresión en todo: señales, pancartas, etc.

–Debes avisarme cuando haya un plazo de entrega.

–Te avisé.

–En un correo electrónico que no he leído.

–Te voy a dar un consejo –dijo Zachary–. Pero se calló.

Amber se imaginó que Tuck lo había fulminado con la mirada.

Un minuto después, la puerta del despacho se abrió y Zachary pasó al lado de Amber como una exhalación.

–Dile a tu jefe que, por mí, ya puede pagar una multa por todos los retrasos.

Ella no se molestó en contestar. Tuck apareció en el umbral del despacho.

–Lucas estará aquí a la diez –dijo ella–. Tienes media hora libre.

–Tal vez me dé tiempo a leer unos cientos de correos electrónicos.

–Buena idea.

Tuck respiró hondo. Parecía a punto de echar a correr hacia la salida.

–¿Qué estoy haciendo mal?

–Nada.

–Aún no he leído dos mil correos.

–Dixon era muy organizado –y había tardado años en llegar a ser un buen vicepresidente.

–Es lo que dicen.

–Ha tenido que trabajar mucho y durante largo tiempo para llegar donde está –y parecía que Tuck esperaba lograrlo de la noche a la mañana.

–Te estoy pidiendo un consejo amistoso –afirmó él endureciendo el tono–. ¿Podríamos no convertirlo en un sermón sobre el santo de mi hermano?

–¿No pretenderás entrar por la puerta y ser perfecto?

–No pretendo nada de eso. Y sé que Dixon es una persona notable. Llevo oyéndolo toda la vida.

Amber se sintió levemente culpable. Tuck parecía esforzarse.

–Zachary debiera haberte avisado sobre el *branding* y haberte indicado que había un plazo de entrega.

–Pero yo debiera haberme leído el correo.

–No lo hiciste. Y habrá otras cosas en las que fallarás.

–Tu confianza en mí es ejemplar.

–Pues diles a todos que te pongan al día sobre los plazos de entregas, y no solo por correo electrónico. Introdúcelo en tus reuniones habituales. Y hazlas más frecuentes si es necesario, incluso diarias, si es que soportas ver a Zachary todos los días.

Tuck esbozó una sonrisa.

–Sé que no debiera haber dicho eso –apuntó ella.

–No importa –le aseguró él acercándose al escritorio–. Es buena idea. Voy a enviarles un correo electrónico.

–No hace falta. Lo haré yo. Y, si quieres, puedo hacer una selección en tu bandeja de entrada.

–¿Leerás los correos por mí? –preguntó él con el rostro iluminado.

–Sí, y borraré los que no sean importantes.

–¿Cómo lo harás?

–Tengo una clave para hacerlo. Borraré algunos y me encargaré personalmente de otros. Y te señalaré los que sean importantes.

–Me dan ganas de besarte –dijo él poniendo las manos en el escritorio.

Era broma, evidentemente. Pero, por algún motivo, sus palabras la conmovieron. Le miró los labios y se imaginó cómo sería besarlos.

–No es necesario –dijo rápidamente.

–Supongo que te pagan bien.

–Me pagan bien.

Él se incorporó y sus ojos de color gris plateado brillaron.

–De todos modos, la oferta sigue en pie.

–No te pareces en nada a Dixon.

–En efecto.

–Él no gasta bromas.

–Pues debiera hacerlo.

–¿Criticas su forma de trabajar? –preguntó ella, queriendo mantenerse leal a su jefe.

–Critico su forma de vivir.

–Ha sufrido mucho.

Amber no sabía lo bien que se llevaba Tuck con su hermano, pero había visto lo que le había supuesto a Dixon la infidelidad de Kassandra. Estaba intentando tener un hijo mientras ella tomaba la píldora anticonceptiva en secreto y se acostaba con otro hombre.

–Lo sé.

–No se dio cuenta de que ella le mentía.

–Pues había pistas.

–¿Le criticas ahora por haberle sido fiel?

–No, pero me pregunto por qué lo defiendes ciegamente.

–Cuando eres honrado –como Amber sabía que era Dixon– no crees que los demás vayan a engañarte.

–Pero tú también te percataste de que ella lo engañaba.

–Sí.

–No sé si eso dice algo de nosotros dos.

–Tal vez que tengamos cuidado en la forma de relacionarnos.

–¿Vas a enfrentarte a mí, Amber?

–No.

–¿Vas a mentirme?

–No.

–¿Me ayudarás a hacer bien mi trabajo?

–Puede que sí, siempre que te lo merezcas.

–¿Cómo voy hasta ahora?

–No eres Dixon, pero has sabido enfrentarte a Zachary.

–Me está poniendo a prueba.

–Todos lo están haciendo.

–¿Tú también?

–La que más.

Pero Tuck se estaba portando mejor de lo que esperaba. Y parecía que ella no era inmune a sus encantos de playboy. Tendría que controlarse en su presencia.

De vuelta a la mansión, Tuck subió al segundo piso y se puso a trabajar.

La semana anterior habían trasladado a su padre a una unidad de cuidados especiales en Boston. Su madre se había ido con él, estaba alojada en casa de su hermana y se había llevado consigo a los miembros del personal en quien más confianza tenía, ya que la estancia sería larga.

La casa le parecía a Tuck muy vacía. Podía haber sustituido al personal ausente, pero solo estaba él allí, y no pensaba recibir a muchos invitados. Bueno, tal vez a alguna mujer, ya que no tenía intención de mantenerse célibe a causa de sus responsabilidades en Tucker Transportation. De todos modos, en la mansión quedaban dos cocineras, dos amas de llaves y una encargada del mantenimiento.

Bajó la escalera para recibir a un amigo de la universidad, Jackson Rush. Tuck había estudiado Dirección de Empresas; Jackson, Criminología, y tenía una empresa de investigación que se había extendido por todo el país.

–Espero que me traigas buenas noticias –dijo Tuck mientras Jackson se quitaba el abrigo y se lo entregaba al ama de llaves.

–Dixon tomó un jet privado a Nueva York.

–Pero no uno de Tucker Transportation –Tuck ya lo había comprobado.

–No, de Signal Air.

–No quería que mi padre supiera adónde iba.

–Eso parece.

Los dos hombres se dirigieron a la terraza acristalada, menos ostentosa que la biblioteca.

–Entonces, está en Nueva York.

–Desde allí tomó un tren a Charlotte.

–¿Por qué tomaría un tren? ¿Qué hay en Charlotte?

–Supongo que para mantener en secreto su destino –contestó Jackson al tiempo que se sentaba en el sofá–. No se necesita identificación para comprar un billete de tren. Me has dicho que tu padre intentó evitar que se marchara.

–A mi padre le aterrorizaba que yo tuviera que trabajar en la empresa –afirmó Tuck sentándose a su vez.

–Desde Charlotte, creo que Dixon se fue a Miami o a Nueva Orleans. ¿Sabes si tenía algo en alguna de esas ciudades? ¿Una mujer, tal vez?

–Acaba de divorciarse de Kassandra. Y fue ella la que lo engañó. No creo que se le haya pasado por la cabeza salir con alguien.

–Estamos investigando en ambas ciudades pero, de momento, no ha usado tarjetas de crédito ni cajeros. Y su móvil no registra actividad alguna. Tu hermano no quiere que lo encuentren. La pregunta es, ¿por qué?

–No sabe lo de mi padre ni que ha dejado Tucker Transportation en mis manos. Si lo supiera, estaría de vuelta en un abrir y cerrar de ojos.

–¿Hay alguna posibilidad de que tenga enemigos, de que haya cometido un delito o un desfalco?

–¿Desfalcarse a sí mismo? –Tuck se echó a reír–. Dispone de todo el dinero que quiere y más. Simplemente dijo que necesitaba unas vacaciones.

Tuck quería creer que esa era la respuesta, porque eso implicaba que volvería pronto. Ya habían pasado dos semanas. Era posible que Tuck tuviera que aguantar solo unos días más sin hundir ningún barco, en sentido literal y figurado, y se vería libre. Eso esperaba.

–Dentro de poco se celebra una importante feria de comercio en Nueva York. Y vamos a presentar dos nuevos buques portacontenedores en Amberes la semana que viene. Seguro que volverá para entonces.

–Espera que sea tu padre quien vaya. ¿Has examinado su ordenador? Puede que haya información personal que desconoces.

–Puede –a Tuck no le seducía la idea de fisgonear en los asuntos de su hermano, pero la situación se estaba volviendo desesperada.

–Examina el ordenador de su despacho –dijo Jackson–. Y también el portátil, la tableta y todo lo que no se haya llevado. Tal vez tenga una vida secreta y haga cosas que no puede contar a nadie. Viaja mucho y se mueve en círculos influyentes.

–¿Insinúas que puede ser un espía? –preguntó Tuck. El encogimiento de hombros de Jackson le indicó que le parecía posible–. Si algo he aprendido la semana pasada es que Dixon no tenía tiempo para nada que no fuera de Tucker Transportation. No te creerías la cantidad de trabajo que pasa por su escritorio. Y me pregunto...

A Tuck no le apetecía decirlo en voz alta, pero se preguntaba por qué no le habían pedido ayuda antes. ¿De verdad era tan inepto?

–Tú también eres un tipo inteligente –afirmó Jackson al darse cuenta de por dónde iban los pensamientos de su amigo.

–No estoy muy seguro.

–Pues yo sí. Probablemente, Dixon y tu padre se acostumbraron pronto a trabajar juntos. Y tú nunca demostraste mucho interés en trabajar en la empresa.

–Al principio lo intenté, pero me parecía que estorbaba. Mi padre no me quería allí. Dixon era su predilecto. Y al cabo de un tiempo me cansé de intentar abrirme camino a empujones. Y ahora que estoy trabajando, me muero de miedo.

–No te imagino asustado ante nada –dijo Jackson sonriendo–. Yo también dirijo una empresa.

–En efecto. ¿Cuánto te has expandido?

–Tenemos cuatro oficinas: aquí, en Nueva York, Boston y Filadelfia. Unos doscientos empleados, más o menos.

–Entonces, podrías aconsejarme.

–Tucker Transportation se halla en otra escala

totalmente distinta. Te vendría mejor hablar con tu amigo Shane Colborn.

–Prefiero encontrar a Dixon.

–Mañana volaré a Charlotte.

–¿Necesitas un avión?

–No voy a rechazar semejante ofrecimiento. Claro que sí –afirmó Jackson sonriendo–. Mientras tanto, examina el ordenador de tu hermano.

–Le pediré ayuda a Amber, la secretaria de confianza de Dixon.

Se le apareció la imagen del hermoso rostro de Amber. Aunque no le gustaban los trajes de chaqueta, a ella todo le sentaba bien. Y estaban los zapatos. Llevaba un par diferente cada día, a cual más sexy. Cuanto más tiempo pasaba con ella, más deseos tenía de conocerla a fondo.

Cuando Tuck entró en la oficina el lunes por la mañana, Amber se fijó en su atuendo: unos vaqueros descoloridos, una camisa de algodón verde y una chaqueta azul marino. El pelo castaño se le ondulaba en la frente y no se había afeitado.

Dixon nunca había hecho que el corazón se le acelerara ni que sintiera calor en el rostro.

–Necesito que me ayudes –dijo Tuck sin más preámbulos.

–¿Pasa algo? –preguntó ella levantándose inmediatamente.

–Ven conmigo –le ordenó

Ella se estremeció, pero se dijo que estaban trabajando y que él no pensaba en ella como mujer, y que, desde luego, no estaba pensando lo mismo que ella: que su tono autoritario implicaba que la iba a arrastrar a su despacho, a inmovilizarla contra la pared y a besarla hasta dejarla sin sentido.

Tuck entró en el despacho de Dixon, y Amber desechó su estúpida fantasía.

–¿Sabes la contraseña para acceder a la información del ordenador?

Ella no contestó. Dixon se la había dado dos meses antes, cuando estaba en Europa y necesitaba que le enviara unos archivos, pero le había pedido que no volviera a usarla.

–Dímela, Amber. Si no lo haces, iré al departamento de informática.

Tenía razón. Como presidente en funciones de la empresa podía hacer lo que quisiera con su sistema informático. Así que se la dijo.

–Tal vez debieras reflexionar sobre de qué lado estás –afirmó él mientras la tecleaba.

–No estoy del lado de nadie. Intento ser profesional.

–Y yo, salvar Tucker Transportation de la ruina al no estar mi padre ni Dixon para dirigirla.

–¿Qué buscas?

–Pistas sobre su paradero.

De pronto, Tuck tuvo una inspiración. Descolgó el teléfono del escritorio y marcó un número. Unos segundos después, sonó un móvil en el cajón superior. Tuck lo abrió y sacó el móvil de su hermano.

–¿Cómo es que sigue teniendo batería?

–Lo he recargado.

–¿Y no me has dicho que se había dejado el móvil aquí? ¿Y cómo sabías que estaba allí? ¿Has estado fisgoneando?

–No, me lo dijo él.

–Entonces, ¿te dijo que se iba? –preguntó él con el ceño fruncido–. ¿Sabías que se marchaba?

Amber se dio cuenta de que había hablado sin pensar, por lo que tuvo que asentir de mala gana.

–Antes de contestarme –dijo él en un tono que no presagiaba nada bueno–, recuerda que soy el presidente en funciones de la empresa. Esto es una orden, y no consiento que me desobedezcas. ¿Te dijo adónde iba?

Dixon le había dado un número para casos de emergencia. Ella había reconocido el código de la zona, pero él no le había dicho adónde iba.

–No –Amber se dijo que, técnicamente, no era mentira–. Necesita tiempo, Tuck. Lleva meses trabajando en exceso, y la traición de Kassandra ha sido un duro golpe para él.

–No eres quién para decidir eso. Y ni siquiera sabe lo de nuestro padre.

–Si lo supiera, volvería.

–Desde luego que lo haría.

–Pero, entonces, regresaría a la casilla de salida y estaría peor que antes. Sé que te resulta difícil que no esté aquí.

–¿Que lo sabes? No sabes nada.

–Llevo cinco años trabajando en esta empresa

–tuvo que morderse la lengua para no decir que era mucho más de lo que llevaba él.

–De secretaria y, por tanto, no tienes una perspectiva completa. No conoces los riesgos.

–Conozco a Dixon.

–¿Quieres decir que yo no? –preguntó él con incredulidad.

–Lo que quiero decir –afirmó ella alzando la voz– es que yo he estado aquí y he visto lo mucho que ha trabajado. Tu padre había bajado el ritmo durante los últimos meses. También he visto lo que le ha supuesto la infidelidad de Kassandra. Se estaba derrumbando, Tuck. Ha tenido que tomarse un descanso porque no tenía más remedio.

–¿Mi padre había disminuido su ritmo de trabajo?

–Sí, mucho. Margaret cada vez le pasaba más trabajo a Dixon y este no daba abasto. Se quedaba trabajando hasta tarde, llegaba temprano a la oficina y viajaba por todo el mundo. Y no puedes estar constantemente viajando y dirigir una empresa al mismo tiempo. Y después, lo de Kassandra. Estaba muy disgustado y enfadado, pero también profundamente dolido.

–No dijo nada.

Amber vaciló, pero decidió contarle algo más.

–Dixon estaba dispuesto a ser padre y pensaba que ella estaba intentando quedarse embarazada. Pero tomaba la píldora anticonceptiva y se acostaba con otro.

Por la expresión de Tuck, Amber supo que Dixon no le había contado nada.

–De todos modos, tiene que saber lo de nuestro padre –Tuck se sentó y miró la pantalla.

–Haz lo que tengas que hacer.

–¿No vas a ayudarme?

–No hay nada más que pueda hacer para ayudarte a encontrarlo, pero te ayudaré a dirigir la empresa.

–Encontrar a Dixon es lo mejor que podemos hacer para dirigir Tucker Transportation.

–No estoy de acuerdo. Lo mejor que puedes hacer para dirigirla es eso: dirigirla.

–Debieras habérmelo dicho.

–¿El qué? –Amber rodeó el escritorio porque sentía curiosidad por ver lo que hallaría en el ordenador.

–Lo que estaba planeando, que se iba a marchar en secreto.

–Soy su secretaria de confianza. No doy información sobre él a nadie.

–Aquí solo hay correos electrónicos sobre la empresa –dijo él mientras los examinaba.

Amber ya lo sabía porque Dixon no mezclaba los correos personales con los del trabajo.

–¿Qué harías si fueras mía?

La pregunta la pilló desprevenida y se imaginó que era de Tuck, que estaba en sus brazos, en su vida, en su cama…

–¿Amber? –Tuck se levantó.

–¿Cómo?

–Si fueras mi secretaria de confianza, ¿qué harías?

–No lo soy –no era nada suyo, y más le valía recordarlo.

–¿Y si lo fueras?

Estaría cometiendo un inmenso error, ya que eso significaría que se sentiría sexualmente atraía por su jefe y que querría besarlo. Lo estaba pensando en aquel momento y, por la forma en que él la miraba, él estaba pensando lo mismo.

–Probablemente cometería un terrible error.

La forma en que él enarcó las cejas le indicó que la había entendido. Lentamente, Tuck alzó la mano para acariciarle la mejilla.

–¿Tan terrible sería?

–No podemos –consiguió responder ella.

–No lo haremos –él sonrió levemente al tiempo que se le acercaba más y se inclinaba hacia ella. Con la otra mano le agarró la mano–. En un plano profesional, dadas las actuales circunstancias, ¿qué harías si me fueras leal?

Ella recurrió a toda su fortaleza para centrarse en la pregunta.

–Te recomendaría que fueras a la feria de comercio de Nueva York. Es lo más inteligente y lo mejor para la empresa.

–De acuerdo.

–¿Vas a ir?

–Iremos los dos. Seguiré buscando a Dixon, pero, mientras lo encuentro, soy el único dueño de la empresa. Tienes razón al decirme que vaya.

Amber retrocedió y él le soltó la mano. ¿Quería que se fuera con él a Nueva York?

–No quiero que te hagas una idea equivocada. No voy a…

–¿No vas a acostarte conmigo?

–Pues no. A eso me refería.

–Qué decepción. Sin embargo, no quiero que vayas a Nueva York por eso. Y te prometo que no te presionaré en ese sentido –volvió a acercarse y se inclinó hacia ella.

Amber esperó en tensión el beso que parecía inevitable, pero él se detuvo cuando sus labios se hallaban a escasos centímetros de los suyos y le susurró:

–Me encantan tus zapatos. Son estupendos para Nueva York –se apartó de ella y volvió a sentarse ante el ordenador–. Nos alojaremos en el Neapolitan. Reserva los billetes.

Ella volvió a esforzarse por recuperar el equilibrio. Tragó saliva.

–¿Quieres billetes de una compañía aérea o reservo un avión de la empresa?

–¿Qué haría Dixon?

–Nunca vuela con una compañía.

–Entonces, reserva un avión de la empresa –dijo él sonriendo–. Si voy a ocupar el lugar de Dixon, también disfrutaré de los privilegios.

Amber quiso preguntarle si a ella la consideraba un privilegio de Dixon, pero era una pregunta inapropiada y peligrosa, ya que su relación con Dixon era profesional. En cambio, su relación con Tuck se volvía cada día más perturbadora.

Capítulo Tres

Tuck sabía que no tenía derecho a estar contento. Dixon seguía sin dar señales de vida y Zachary Ingles llegaba tarde al JWQ Center Convention de Manhattan. Además, treinta empleados de Tucker Transportation estaban montando el pabellón de la empresa con la ayuda del personal del centro de convenciones de forma mucho menos organizada de lo que se esperaba.

Sin embargo, Tuck sonreía mientras contemplaba el caos de luces, señales, maquetas y andamios. Amber se hallaba al otro extremo del espacio que les habían concedido. Llevaba el pelo recogido en una cola de caballo y vestía de modo muy informal: jersey azul, vaqueros y deportivas de cuadros rosas y negros.

–¿Señor Tucker? –una mujer del centro se le acercó–. Soy Nancy Raynes, la subdirectora de catering y logística.

–Encantado de conocerte, Nancy. Llámame Tuck, por favor.

–Hemos reservado el salón de baile del ala este para el viernes por la noche. Habrá aperitivos, canapés y servicio de bar para seiscientas personas.

–Muy bien.

Tuck había ojeado el programa definitivo de la empresa en el avión, por lo que tenía una visión general de cada evento. Por el rabillo del ojo, vio que Amber se les acercaba.

–Hay un problema. No tenemos sistema de sonido.

Evidentemente, eso era un error. Además del trío de jazz que amenizaría la velada, habría tres discursos y un vídeo de la empresa.

–¿Puedo ayudar en algo? –preguntó Amber al llegar.

–Te presento a Nancy. Dice que no hay sistema de sonido para la recepción.

–Debiera haberlo –apuntó Amber–. Y tres pantallas.

–No se nos había pedido nada de eso –respondió Nancy.

–Tenían que haberse encargado en el departamento de mercadotecnia. ¿Sabes algo de Zachary? –preguntó Tuck a Amber.

–Le he enviado un mensaje, un correo y lo he llamado, pero no me ha contestado.

–Necesitamos que se instale un equipo de sonido y las pantallas –dijo Tuck al tiempo que sacaba el móvil del bolsillo–. ¿Puedes encargarte, Nancy?

–Lo intentaré. Habrá que hacerlo deprisa, por lo que os cobraremos un plus –Nancy miró a Amber–. ¿Tienes los detalles concretos?

–Te los enviaré.

–Hazlo a mi correo electrónico –dijo Nancy entregándole una tarjeta.

–Gracias –dijo Amber.

Tuck llamó a Zachary, pero le salió el buzón de voz.

–Tal vez su vuelo se haya retrasado –dijo Tuck.

Amber levantó el índice para que esperara, ya que iba a hablar por teléfono.

–¿Melanie? Soy Amber. Necesito los detalles para montar un equipo de sonido para el trío de jazz. Por favor, busca su página web y ponte en contacto con su representante lo más deprisa posible.

Tuck consultó su correo electrónico.

–Tengo un correo de Zachary –lo leyó y se le desencajó la mandíbula–. Es una carta de dimisión.

–No puede ser –Amber se desplazó para poder ver la pequeña pantalla.

–Dice que ha entregado sus llaves a los encargados de la seguridad y que les ha pedido que cambien su contraseña.

Tuck no lo entendía. Zachary llevaba diez años en la empresa y había ido ascendiendo hasta el puesto que ocupaba, que estaba muy bien pagado.

–¿Por qué lo habrá hecho? –preguntó Amber.

Excelente pregunta.

A Tuck le sonó el móvil. Vio en la pantalla que era Lucas Steele.

–¿Sabes qué pasa? –le preguntó sin más preámbulos.

–Zachary ha dejado la empresa.

–Acabo de recibir un correo suyo. ¿Sabes los motivos?

–Harvey se ha marchado con él.

–¿Se puede saber qué ha pasado? –Tuck estaba perplejo. ¿Dos directores a la vez?

–Peak Overland les ha hecho una oferta.

Tuck entendió la situación claramente.

–Sin Dixon, parecemos vulnerables.

–Así es. Como no sabemos nada de él, hay teorías para todos los gustos. Yo he oído desde que está en una prisión extranjera hasta que se ha matado haciendo paracaidismo.

–Está en Nueva Orleans. O puede que en Miami.

–¿No sabes dónde está?

–Está de vacaciones. Necesita estar solo.

–¿Por el divorcio?

–Supongo que sí.

–Muy bien. ¿Quieres que vaya para allá?

–Sí, pero también te necesito en Chicago y en Amberes –lo que Tuck necesitaba verdaderamente era que su hermano volviera sin más demoras. En cuanto colgara, llamaría a Jackson.

–¿Dónde quieres que esté? –preguntó Lucas riendo.

–¿Puedes hacerte cargo de Chicago?

–Claro.

–Habla con seguridad. Cambiad las cerraduras y las contraseñas. Asegúrate de que no puedan hacernos daño. ¿Hay algún sucesor claro de Zachary o de Harvey?

–No se me ocurre ninguno ahora mismo. Lo pensaré.

–Gracias. Volveremos a hablar dentro de unas horas.

–Yo elegiría a Hope Quigley –dijo Amber.

–¿A quién?

–Trabaja en el departamento de mercadotecnia. Lleva dos años ocupándose de las redes sociales, es una persona tremendamente organizada.

–¿Quieres que proponga a una bloguera para directora del departamento?

–Es mucho más que eso.

–Es un puesto que supone mucha más responsabilidad.

Amber puso los brazos en jarras.

–¿Y cómo lo sabes?

Tuck no quería tomar esa decisión él solo.

–Voy a llamar a Jackson. Vamos a levantar hasta la última piedra para encontrar a Dixon.

–No necesitas que vuelva.

–Por supuesto que sí.

–Puedes ascender a Hope. Y hay otros que te pueden ayudar.

–La empresa necesita una presidencia fuerte. Mira a tu alrededor. Tenemos dos días para montar todo esto. Ya hay problemas con la recepción, y hay fijadas treinta reuniones privadas con el director de mercadotecnia.

–Ve tú a ellas.

–Sí, claro.

–Llévate a Hope. Faltan dos días para las reuniones. Se estudiará con rapidez las cuentas de cada cliente.

–Ni siquiera la conozco.

–Pues llévate a Lucas.

–Lucas tiene que asegurarse de que nuestros barcos sigan navegando.

–Tienes razón –Amber frunció los labios–. No hay solución. Lo mejor es que nos demos por vencidos y volvamos a casa.

Él no supo responder a sus sarcásticos comentarios. Sabía lo que Amber estaba haciendo y no le gustaba.

–¿Te insubordinas de la misma manera con Dixon? –¿cómo no la había despedido?

Tuck marcó el número de Jackson.

–No necesito insubordinarme. Dixon sabe lo que hace.

–Pues yo… –no podía responder a eso. Tuck no sabía lo que hacía. Ese era el problema.

–Hola, Tuck –dijo Jackson.

–Acabo de perder a mi director de mercadotecnia y a mi director financiero.

–¿Los has despedido?

–Han dimitido. Corre el rumor de que ha recibido una oferta de un competidor, y sin Dixon…

–La gente se está poniendo nerviosa –concluyó Jackson.

–Parece que consideran que no ejerzo un fuerte liderazgo.

–Acabas de empezar.

Tuck creía que eso no era una excusa. Debiera haber hecho caso omiso de las objeciones de su padre y, aunque no hubiera tenido poder en Tucker Transportation, al menos hubiera aprendido algo. Era culpa suya y, por tanto, tenía que buscar una solución.

–Encuéntralo –le dijo a Jackson.

–Estoy en Nueva Orleans. No hay pruebas de que se haya marchado de aquí.

–¿Las hay de que haya llegado?

–Tal vez, pero puede que no sea nada. Te llamaré.

–No tardes –Tuck miró a Amber a los ojo.

Ella negó con la cabeza.

Tuck sabía que quería que dejara a Dixon en paz y que se las arreglara solo. Sin embargo, había mucho en juego, y no se atrevía.

Tuck estaba estupendo con esmoquin, aunque Amber ya lo sabía porque llevaba años viendo fotos de él en los periódicos, en eventos importantes, del brazo de bellísimas mujeres.

La recepción de Tucker Transportation estaba a punto de acabar, y los pocos invitados que quedaban iban abandonando el salón de baile. Amber se dirigió a la puerta principal, contenta de que la velada hubiera terminado. Le dolían los pies, aunque era culpa de ella, ya que debía haberse puesto otros zapatos para una fiesta de cinco horas.

Era verdad que aquellas sandalias plateadas de tacón rojo le quedaban muy bien con el sencillo vestido negro que llevaba. Tuck apareció a su lado y le puso la mano en la cintura.

–Me has prometido un baile.

–Me ha parecido que los tenías todos comprometidos.

–Las mujeres no han dejado de pedírmelo, y no he querido ser maleducado.

Amber se dirigió a los ascensores.

–Te has olvidado de que la razón de celebrar esta fiesta era conseguir contactos comerciales, no números de teléfono.

–Estás celosa.

No lo estaba. Se limitaba a criticar que hubiera perdido posibles clientes.

–Ha sido una observación laboral, no personal.

–¿No?

–No.

Él seguía agarrándola de la cintura y ella sentía el calor de su mano.

–Baila conmigo ahora.

–La banda está recogiendo –afirmó ella, dispuesta a hacerse la fuerte para no ceder a la atracción.

–Podemos ir a otro sitio.

–Es tarde y me duelen mucho los pies. Y no sé por qué te estoy poniendo excusas. No quiero ir a otro sitio a bailar contigo. Quiero acostarme.

–De acuerdo, me parece buena idea.

Llegaron a los ascensores y Tuck apretó el botón de llamada.

–No flirtees conmigo, Tuck.

–¿Lo hago mal?

–No me refiero a…

–Ha sido una fiesta estupenda, Amber. Contra todo pronóstico, se montó el pabellón a tiempo. Ha venido mucha gente a vernos. Y la fiesta ha ido como la seda. Incluso hemos tenido un buen equipo de sonido. A propósito, gracias por haberlo conseguido. ¿No podemos bajar la guardia y disfrutar durante unos minutos de lo que hemos logrado?

–Trabajo para ti –tenía que cortar su comportamiento de playboy de raíz. Daba igual que fuera inteligente, divertido y que estuviera como un tren. Aquello no era una cita, sino trabajo.

–¿Y qué?

–Que no puedes ligar conmigo.

–¿Es una norma?

–Sí. De hecho hay una ley contra el acoso sexual.

–No te pido en serio que te acuestes conmigo. No me negaría si me lo propusieras, pero no voy a proponértelo yo. Solo bromeaba.

Amber no supo qué decir.

La puerta del ascensor se abrió, pero ninguno de los dos se movió.

–Eres mi jefe.

–Dixon es tu jefe.

–Sabes a lo que me refiero.

–¿Quieres decir que ni siquiera puedo pedirte que salgas conmigo? Eso es ridículo. La gente sale con sus jefes. Muchos se casan con él o con ella.

La puerta del ascensor volvió a cerrarse.

–¿Vamos a casarnos, Tuck? –preguntó ella.

–No lo sé. Ni siquiera hemos tenido la primera cita.

–La ley dice que mi acuerdo o desacuerdo sobre una relación sexual o romántica entre nosotros no puede tener consecuencias para mi empleo.

–Por supuesto que no. Ni se me ha ocurrido. ¿Cómo te lo demuestro? ¿Quieres que firme algo?

Ella volvió a llamar al ascensor.

–Tienes que pasar más tiempo en el mundo real, Tuck.

–Paso todo mi tiempo en él.

La puerta del ascensor se abrió de nuevo y se montaron.

–Si lo hicieras, sabrías de lo que hablo.

–Sé de lo que hablas. Lo único que quería era bailar contigo.

–No tenemos tiempo de bailar. Tienes que centrarte en las reuniones de mañana. Tienes la lista, ¿verdad? ¿Te has estudiado la información?

–Me la he mirado. Sé lo básico. Además, estarás allí conmigo.

–No puedes delegar en tu secretaria cuando te reúnes con propietarios y ejecutivos de empresas multimillonarias.

–He tenido trabajo. He tenido que solucionar algunas cosas con Lucas. Y, siguiendo tu consejo, he entrevistado a Hope –Amber se alegró de saberlo–. Y me ha caído bien. Voy a darle más responsabilidades. Así que, perdóname por no haber memorizado la información sobre esos treinta clientes.

–La repasaremos ahora –afirmó ella.

Tuck consultó su reloj.

–A no ser que te quieras levantar a las cuatro de la mañana y hacerlo entonces, ya que la primera reunión es a la hora de desayunar.

–Ya lo sé. ¿Quién la puso a es ahora? Los desayunos de negocios son maléficos. Debieran estar prohibidos.

El ascensor se detuvo.

–Vamos a quitárnoslo de encima –dijo ella con resignación.

Se dirigieron a la suite de Tuck, donde Amber había estado el día anterior. En la parte de abajo había un salón, una pequeña cocina y un servicio. Una escalera en espiral conducía al dormitorio, en cuya terraza había un jacuzzi. Pero ella no tenía intención alguna de comprobarlo.

Mientras dejaba el bolso y se quitaba los zapatos, el móvil le indicó que le había llegado un mensaje.

Se sorprendió al ver que era de su hermana.

Jade vivía en la Costa Oeste y solo se ponía en contacto con Amber cuando necesitaba dinero o padecía una crisis emocional.

–¿Quieres tomar algo? –preguntó Tuck dirigiéndose al mueble bar.

–Un zumo –contestó ella mientras se sentaba en el sofá y leía el mensaje.

«Acabo de llegar a la ciudad», decía el mensaje.

–¿Nada más que zumo?

–Quiero mantenerme serena.

«¿Qué ciudad?», fue la respuesta de Amber.

–¿Por si te hago insinuaciones?

–Me has prometido que no lo harías.

–No he firmado nada.

«Chicago».

«¿Qué te pasa?».

«Nada. Todo va bien. Bueno, he dejado a mi novio. Era un imbécil».

–He dicho que no he firmado nada –repitió él.

Ella alzó la vista.

–¿Nada de qué?

–¿Quién es? –preguntó él indicando el móvil un gesto de la cabeza.

–Mi hermana.

–Creí que era tu novio.

–No tengo novio.

«Estoy en Nueva York», escribió Amber a su hermana.

«Esperaba quedarme en tu casa un par de días», respondió Jade.

Amber se quedó inmóvil y miró fijamente la pantalla.

–¿Qué dice?– Tuck se acercó a ella.

–Quiere quedarse en mi casa.

–¿Y eso es malo?

–No se puede confiar en ella.

Jade se pasaba la vida yendo de un empleo mal pagado a otro, y de una mala relación a otra. La última vez que se había quedado en su casa, una vecina la había denunciado por exceso de ruido, se había emborrachado bebiéndose todo el vino que había en la casa y se había marchado de repente sin despedirse, llevándose dos pantalones vaqueros y unas cuantas blusas de Amber.

«Te llamaré cuando vuelva», escribió Amber.

«Necesito un sitio para esta noche».

Amber lanzó una maldición entre dientes. Su hermana no tenía un sitio para dormir y sabía que no tendría dinero para un hotel.

–¿Qué pasa? –preguntó Tuck sentándose en el extremo opuesto del sofá.

–Necesita un sitio para dormir ya. Supongo que acaba de llegar de Los Ángeles

«¿Y un hotel?», escribió.

«No puedo permitírmelo. El imbécil se lo ha llevado todo».

Por supuesto, como siempre.

–Supongo que tiene problemas de dinero –apuntó Tuck.

–Es una forma suave de decirlo.

–Mándala al hotel más cercano de la cadena Aquamarine. Tucker Transportation tiene cuenta en ella. Dile que la use.

–No puedo utilizar la cuenta de la empresa para mi hermana.

–Tú no, pero yo sí. Necesito que estés centrada, que dejes ese móvil y que no te preocupes por tu hermana. Me parece que es la forma más sencilla y barata de conseguirlo. Díselo. Es una orden. Sé que las obedeces, ya que eres una consumada profesional.

–Te estás metiendo en mi vida.

–En efecto. Mándala al hotel.

Amber lanzó un profundo suspiro, pero antes de que pudiera enviar el mensaje, Tuck le arrebató el móvil y lo tecleó él mismo.

–¡Eh!

–Sabes que es la mejor respuesta.

Amber sabía que lo era. Seguir protestando le pareció carente de sentido.

–Dice que le parece estupendo –observó Tuck.

–Seguro que se lo parece.

–Eres una buena hermana –dijo él dejando el teléfono en la mesa de centro.

–Creo que, en este caso, eres tú la buena hermana.

–Nunca me habían llamado así.

–A mí tampoco –respondió ella.

Tuck rio, creyendo que bromeaba.

No lo hacía.

Capítulo Cuatro

Tuck aguantaba bien quedarse levantado hasta tarde, pero incluso él estaba cansado cuando Amber cerró el expediente del último cliente. Parecía exhausta, estaba sofocada, algo despeinada y el rímel se le había corrido.

–Es todo lo que podemos hacer –afirmó ella.

Estaban sentados uno al lado del otro en el sofá y las luces de la ciudad se veían por la ventana que había al otro lado de la habitación.

Hacía tiempo que Tuck se había quitado la chaqueta y la pajarita, pero seguía teniendo calor. Lo más probable era que se debiera a la atracción que sentía por Amber.

–¿Te sientes seguro con respecto a las reuniones? –preguntó ella mirándolo.

Tuck se dio cuenta de que la había estado observando en silencio.

Y siguió haciéndolo. Le abrumaba el deseo de besarla, de saborear aquellos labios rojos que llevaban provocándolo toda la noche. Sabía que no debía hacerlo.

–¿Tuck? –insistió ella.

Él le apartó un mechón de la mejilla.

Ella tomó aire y cerró los ojos. Al abrirlos, reflejaban indecisión. Tuck se dijo que no lo estaban rechazando, que ella se sentía tan tentada como él. Así que se inclinó lentamente hacia ella. Amber podía detenerlo, levantarse o echarse hacia atrás. Fuera lo que fuera, él lo aceptaría, pero debía intentarlo.

Ella no hizo nada, y sus labios se unieron. La abrazó y la besó una, dos, tres veces, mientras el deseo le electrizaba el cuerpo.

Ella le devolvió los besos, al principio tímidamente, pero, después, su lengua rozó la de él y se enredó con ella. Su cuerpo se fundió en el de Tuck, que la recostó en el sofá y se situó sobre ella mientras saboreaba su boca y aspiraba su aroma con el corazón acelerado.

La deseaba intensamente.

Descendió por su cuello besándoselo, le bajó la hombrera del vestido y le dejó húmedos círculos en el hombro. Pensó en bajarle la cremallera del vestido y se imaginó que este caía y dejaba al descubierto un sujetador de encaje o los senos desnudos de suave y satinada piel.

–Tuck… –dijo ella sin aliento.

–¿Qué? –preguntó él deteniéndose. Sabía cuál iba a ser su respuesta.

–No podemos.

Él quiso protestar. Claro que podían, y el mundo seguiría girando. Pero nunca había coaccionado a una mujer, y no iba a empezar con Amber.

–¿Estás segura?

–Sí, lo siento.

–Soy yo el que lo siente. No debía haberte besado.

–Yo debiera haberte rechazado.

–Me alegro de que no lo hicieras.

–Esto no está bien –observó ella esforzándose en incorporarse.

Él se apartó y le tendió la mano para ayudarla. Parecía que ninguno sabía qué decir.

Fue Tuck el que habló primero.

–Creo que estamos listos para la primera reunión.

–Tuck, yo…

–No tienes que darme explicaciones.

Una mujer tenía derecho a negarse por las razones que fuesen. Él entendía sus dudas. Trabajaba para él, al menos temporalmente. Era inteligente y no quería complicaciones.

Amber se levantó.

–Eres muy atractivo. Pero eso ya lo sabes. Estoy segura de que la mayoría de las mujeres…

–No sigas por ahí –dijo él levantándose a su vez.

–Sé que no te rechazarán muy a menudo.

–Y eso, ¿cómo lo sabes?

–Leo los periódicos.

El enojo de Tuck aumentó.

–¿Y te crees lo que lees?

–Publican fotos –afirmó ella enfadada–. No me negarás que apareces siempre del brazo de una mujer hermosa.

–¿Eso es lo que piensas de mí? No te he besado porque seas hermosa, Amber.

–Ya lo sé. No me comparo con ellas.

–¿Que no te comparas? –Tuck no entendía adónde quería ir a parar.

–Me refiero a que no soy una de esas mujeres explosivas.

Era mucho más. Aunque hacía poco que la conocía, Tuck sabía que había más profundidad en ella que en una docena de las mujeres con las que salía los sábados.

–Me voy a acostar –dijo ella.

Él no quería que se fuera, sino seguir hablando con ella, a pesar de que discutieran. Le gustaba el sonido de su voz, pero también deseaba volver a besarla y llevársela a la cama. Y no podía hacerlo.

–Es tarde y estamos cansados. No vayamos a decir o a hacer algo de lo que nos tengamos que arrepentir.

–No me arrepiento de nada.

–Yo sí.

Sus palabras fueron para Tuck como un puñetazo en el estómago.

–Lamento que sea así.

–Soy tu empleada, Tuck.

–Eres la empleada de Dixon.

–Pues la de Tucker Transportation. Y tú eres el vicepresidente.

–Solo de nombre.

–Tienes que hacer que eso cambie, Tuck. De verdad.

–¿Me estás sermoneando sobre mis responsabilidades en la empresa?

–Alguien tiene que hacerlo.

Era cierto que ni su padre ni Dixon lo habían presionado para que se involucrara más en la empresa. Se habían limitado a sugerirle que hiciera acto de presencia. Sin embargo, no iba a reconocerlo delante de Amber.

–¿Cómo hemos llegado a esto?

Ella lo miró desconcertada.

–Porque nos hemos estado preparando para las reuniones con los clientes.

–Me refiero a esta conversación. Estábamos hablando de nosotros y, de pronto, de Tucker Transportation.

–No hay un «nosotros» del que podamos hablar.

–Ha estado a punto de haberlo –afirmó el. Se dio cuenta de que ella reprimía una sonrisa.

–Me voy –dijo ella.

–No tienes que marcharte –contestó él agarrándole instintivamente las manos.

–Claro que sí.

–Quédate –Tuck se dijo que debía parar–. Perdona. Nunca intento convencer a una mujer de que se acueste conmigo.

–¿Son ellas las que normalmente se lanzan a tu cama?

Era lo que hacían, pero Tuck sabía la mala impresión que producía reconocerlo.

–Me gustas, Amber.

–No voy a acostarme contigo, Tuck.

–No te lo estoy pidiendo.

–Es precisamente lo que me estás pidiendo. Son las dos de la mañana y estoy en tu habitación –ella titubeó–. El error ha sido mío. ¿En qué estaría pensando?

–No has cometido error alguno.

–No lo pensé –dijo ella soltándose de sus manos–. Simplemente supuse que no me malinterpretarías.

–Y no lo he hecho –sabía que lo único que pretendía era ayudarle a reparar las reuniones.

–Ha llegado el momento de despedirse. No te olvides de la reunión a la hora del desayuno –agarró el bolso de la mesa–. Sé puntual.

–Siempre lo soy.

–Es cierto –afirmó ella mientras recogía las sandalias–. Pero siempre espero que llegues tarde.

–¿Por qué?

–Hasta mañana –dijo ella, y se marchó.

Él quiso llamarla para que volviera, pero ya había cometido suficientes errores esa noche. Si quería que Amber le dejara acercarse a ella, tendría que esperar a que estuviera lista.

Dos días después, de vuelta en Chicago, Amber temía ver a su hermana. Jade era una persona adulta y responsable de su comportamiento. Pero la recordaba como una niña perdida, más joven que ella, más afectada aún que Amber por el alcoholismo de su madre.

Después de bajarse del coche, llegó al vestíbulo del Riverside Aquamarine. Había quedado con Jade en la cafetería. Pero, como llegaba pronto, no la hubiera sorprendido encontrársela tomando una copa en el salón del vestíbulo. Era una triste paradoja que Jade hubiera recurrido al alcohol.

Amber no vio a su hermana en el salón. Fue a la cafetería, que daba a la piscina, y la divisó sentada a una mesa. Al verla acercarse, Jade se levantó.

Amber se quedó sin habla. Jade estaba embarazada, muy embarazada.

—¿Qué es esto? —preguntó deteniéndose frente a ella.

—Estoy de siete meses.

—Pero, ¿cuándo?, ¿cómo?

—Hace siete meses. De la forma habitual. ¿Nos sentamos?

—Ay, Jade —Amber no disimuló su preocupación.

—No me compadezcas. Estoy muy contenta. Voy a se madre.

Se sentaron. Amber lo hizo frente a ella. Observó que estaba tomando una ensalada y un té con hielo.

—Ya no bebes, ¿verdad?

—Es té.

—Me refiero a si has dejado de beber. No puedes hacerlo estando embarazada.

—¿Te crees que soy tonta?

No lo era, pero su buen juicio dejaba mucho que desear.

—No me has contestado.

–He dejado de beber.

–Muy bien. ¿Te ha visto un médico?

–Sí, en Los Ángeles. Y voy a buscar una clínica aquí, en Chicago.

Llegó una camarera y Amber pidió una tónica.

Miró a su hermana. Estaba muy delgada. Hasta ese momento había esperado que la estancia de Jade fuera corta. Le daba miedo que se mudara a su casa durante semanas o meses. Pero se dio cuenta de que era exactamente lo que iba a suceder. Jade necesitaba estabilidad, un lecho y buena comida.

–¿Te estás cuidando?

Jade se encogió de hombros.

–Más o menos. Kirk se estaba poniendo cada vez más odioso con respecto al bebé. Al principio dijo que no le importaba, pero, después, comenzó a decir que debíamos darlo en adopción.

–¿Y lo has pensado?

–No voy a dar a mi hijo en adopción –dijo Jade con expresión airada.

–Hay posibles padres estupendos: afectuosos, cultos, con un hogar en las afueras… Podrían darle al bebé una buena vida.

Jade apretó los labios y cruzó los brazos sobre el vientre como si quisiera protegerlo.

–Ni hablar.

–Muy bien. Eres tú la que decides. Tú y el padre.

–No hay padre.

–Acabas de decir que Kirk…

–Kirk no es el padre. Por eso quería hacerlo: no es suyo.

–No lo entiendo.

–Estaba embarazada cuando lo conocí y me dijo que no le importaba. Pero después…

–¿Quién es el padre?

–Fue una aventura de una noche. Solo el nombre: Pete. Era marinero.

Amber trató de no juzgar a su hermana, pero le resultó difícil.

–¿Lo has buscado?

–Fue semanas antes de que me enterara de que estaba embarazada.

–¿Y el ADN? Después de que el bebé nazca. En la Marina deben tener una base de datos.

–Era australiano. Y no voy a intentar localizar a un marinero australiano y a arruinarle la vida por una aventura de una noche. Y ni se te ocurra decirme que él me la ha arruinado a mí. Parecía un buen hombre. Y lo hice sabiendo muy bien lo que hacía. Y ha sido decisión mía seguir con el embarazo. Voy a tener a mi hijo, a tu sobrino, y voy a cuidar de él.

Las palabras y la actitud de Jade eran sorprendentes, pero admirables. Amber no estaba acostumbrada a que su hermana aceptara tanta responsabilidad.

–Muy bien. Puedes venir a vivir conmigo.

–Gracias.

–Solucionaremos esto juntas.

–No pretendo que me soluciones la vida. Será

solo por un tiempo. Estoy estudiando y voy a buscar un empleo como dios manda.

Amber no daba crédito a lo que oía.

–Es fantástico. Te ayudaré. Podemos…

–Lo único que necesito es un sitio para vivir. Y te lo agradezco.

Amber redujo su entusiasmo. Era la primera vez que Jade mostraba interés por algo que no fuera irse de juerga. Un bebé era una enorme responsabilidad, pero otras madres solteras salían adelante. Si Jade mantenía aquella actitud, tendría una oportunidad.

–Creí que ya lo tendríamos de vuelta –le dijo Tuck a Jackson.

Era el martes de la semana posterior al viaje a Nueva York, a última hora de la tarde, y llovía a cántaros. Los dos hombres estaban sentados en los sillones que había en un rincón del despacho de Tuck. El escritorio estaba lleno de papeles y la bandeja de entrada del correo electrónico estaba a punto de colapsarse. Estaba deseando que volviera Dixon.

–Yo también. Tu hermano está arruinando mi reputación.

–Le sucede algo que desconozco –Tuck se había quedado sin explicaciones razonables. Ya hacía casi un mes que su hermano había desaparecido–. He registrado su despacho y la mansión en busca de alguna pista. Incluso he llamado a Kassandra.

–¿Qué opinas de Kassandra?

–Que es una princesa egoísta y mimada que apostó y perdió –Tuck hizo una mueca al recordarlo. Era evidente que Kassandra esperaba un arreglo económico mucho mejo.

–Está resentida –comentó Jackson–. ¿Crees que querría hacer daño a Dixon?

–Probablemente querría hacérselo, pero eso requeriría arriesgarse y esforzarse. Y Kassandra es perezosa.

–Estoy empezando a pensar en la posibilidad de que lo hayan secuestrado –afirmó Jackson–. Tal vez se viera obligado a escribir esa carta a tu padre. ¿Quién lo vio por última vez?

Tuck indicó con la cabeza la puerta cerrada del despacho pensando en Amber. Aunque ella había mantenido las distancias desde el viaje a Nueva York, él estaba obsesionado con ella.

–Amber, su secretaria. Dixon estuvo en el despacho unas horas el día en que se marchó.

–¿Puedes llamarla?

–Claro –Tuck se levantó–. Pero ya la he preguntado qué sabía. Fue ella la que me dio la contraseña del ordenador. No me ha dicho dónde está Dixon –abrió la puerta y salió. Amber estaba sentada a su escritorio–. ¿Puedes venir un momento?

Ella alzó la vista y lo miró a los ojos. En los suyos había recelo, y él lo atribuyó a los besos de Nueva York. ¿Se habría dado cuenta ella de que deseaba volver a hacerlo? Se moría de ganas, y temía que se le notara en la expresión del rostro.

–Desde luego.

Cuando ella se levantó, Tuck vislumbró el sujetador por debajo de la blusa y el deseo se le disparó. Se dijo que debía esperar a que volviera Dixon. Cuando todo regresara a la normalidad, intentaría volver a acercarse a ella, ya que, entonces, habría dejado de trabajar para él.

–¿Necesitas algo?

–Jackson quiere hacerte unas preguntas sobre Dixon.

–¿Qué preguntas?

–Las habituales.

–Ya te he dicho lo que sé.

–Estás nerviosa.

–No, estoy molesta.

–No tienes motivo alguno para estarlo.

–Tengo trabajo.

–Yo también. Y no nos resultará fácil hacerlo hasta que Dixon regrese. ¿Sabes dónde está?

–No.

Le indicó que entrara al despacho.

–Entonces, vamos a hablar con Jackson.

–Me alegro de volver a verte, Amber –dijo Jackson al tiempo que se levantaba.

–Me parece que me va a someter a un interrogatorio –dijo ella sentándose.

Jackson esperó a que Tuck se sentara. Este lo hizo en el brazo de una silla.

–Estarás de acuerdo en que Dixon lleva fuera más de lo que esperábamos.

–En su carta decía que un mes.

–Ya ha pasado un mes.

–Casi.

–¿No ha habido llamadas telefónicas ni postales?

–¿Quién manda postales en la actualidad?

–Quien desean que sepas que se lo está pasando bien y que desearía que estuvieras allí.

–Dudo que se lo esté pasando bien –la expresión de Amber se endureció.

–¿Por qué? –preguntó Jackson.

–Ya sabes lo de su exesposa. Se está recuperando de los efectos de su traición.

–¿De su traición?

–¿Cómo lo llamarías tú?

–Infidelidad.

–Muy bien.

Jackson hizo una pausa.

–¿Qué relación tienes con Dixon?

–Eh –protestó Tuck–. No estás aquí para juzgarla.

–Era mi jefe. Y punto. Y si alguien más me insinúa que nuestra relación era inadecuada, ahora mismo salgo por esa puerta.

–¿Quién más lo ha insinuado?

–Basta –dijo Tuck–. Así no iban a ninguna parte. Amber estaba enojada, y con razón

–¿Quién más?

–Tuck –Amber le miró con expresión de enfado–. Y Jamison.

–¿Jamison creía que tenías una aventura con su hijo? –preguntó Jackson, sorprendido.

–Solo porque él estaba teniendo una… –Amber se calló bruscamente.

–Acaba la frase –dijo Tuck poniéndose de pie.

Ella negó con la cabeza.

–Insisto.

–Ya sabemos lo que iba a decir –intervino Jackson.

–Pero no lo he dicho.

–¿Con quién tenía mi padre una aventura? La primera reacción de Tuck fue de incredulidad.

–No soy quién para decirlo. Me enteré por casualidad. De hecho, ni siquiera tengo la certeza.

–¿De quién sospechas?

–Eso sería chismorrear.

–Mi padre está en el hospital y mi hermano ha desaparecido. Ya circulan muchos chismes.

Amber miró a Tuck, después a Jackson y luego a Tuck de nuevo.

–¿Me prometéis guardar el secreto?

–¡Amber! –gritó Tuck.

–Sí –contestó Jackson al tiempo que fulminaba a Tuck con la mirada–. Lo guardaremos. Como dices, se trata de pura especulación y no vamos a actuar basándonos en rumores.

–Margaret.

–¿Quién es Margaret? –preguntó Jackson.

–Pero… –a Tuck le resultaba difícil creerlo. Margaret era una matrona de mediana edad, con algunos kilos de más y el cabello parcialmente canoso, que llevaba ropa de poliéster.

–¿Te esperabas una modelo rubia? –preguntó Amber.

–Me esperaba que fuera fiel a mi madre.

–¿Lo sabía Dixon? –preguntó Jackson.

–No.

–¿Cómo estás tan segura?

–No me di cuenta hasta que sufrió el infarto. Y Dixon nunca se comportó como si lo supiera.

–¿Cómo te diste cuenta? –preguntó Jackson.

–Por la forma de comportarse de Margaret cuando Jamison perdió el conocimiento. Dijo que habían estado tomando vino juntos la noche anterior. Después, al darse cuenta de lo que había dicho, le entró el pánico.

–¿Estabas con Jamison cuando tuvo el infarto? –preguntó Jackson.

–Me encontraba en su despacho. Muy enojado, me estaba haciendo preguntas sobre Dixon. Como no le dije nada, se enfadó aún más. Tal vez hubiera debido decirle…

Tuck miró a Jackson. Ambos esperaron, pero Amber no acabó la frase.

–¿El qué? –preguntó Jackson.

–Nada.

–¿Qué te estaba preguntado?

–Adónde había ido Dixon.

–Pero no se lo dijiste. Dínoslo a nosotros.

–No lo sé.

–Acabas de reconocer que lo sabes –apuntó Tuck.

Ella negó con la cabeza con vehemencia.

–Has dicho que tal vez hubieras debido decírselo, pero que no lo hiciste.

–Eso no es lo que…

–No –dijo Tuck con calma, aunque por dentro estaba furioso.

Le había mentido. Lo había visto esforzarse todas esas semanas y había fingido prestarle ayuda mientras la solución estaba en su mano.

–Sabes adónde ha ido Dixon, así que dímelo ahora mismo –insistió.

Ella lo miró con una expresión de culpa y desafío a la vez.

–Es una orden. Dímelo o estás despedida.

–Tuck –dijo Jackson.

–No –respondió este–. Se ha quedado sentada mientras Tucker Transportation se venía abajo. No puede hacer eso y seguir trabajando.

–No puedo decírtelo.

–Entonces, estás despedida.

Capítulo Cinco

Las última palabras de Tuck resonaban en los oídos de Amber. Aparcó frente a su casa. Había llegado una hora antes de lo habitual. El sol estaba todavía muy alto y los niños jugaban en el parque que había al otro lado de la calle.

La habían despedido de Tucker Transportation. Con sus ahorros tal vez consiguiera llegar al final del mes siguiente. Debía comenzar a buscar empleo inmediatamente.

La puerta se abrió y apareció Jade, y Amber recordó que también debía preocuparse por ella y el bebé. Actualizaría su currículo esa noche y saldría a buscar trabajo a primera hora de la mañana siguiente. Hubiera sido agradable poder recurrir a Dixon. Desde luego, no podía recurrir a Tuck.

Apagó el motor al tiempo que intentaba, sin conseguirlo, borrar la imagen de Tuck de su mente. Era evidente que se había enfadado, pero también parecía dolido, decepcionado de su lealtad hacia Dixon. Pero Amber no podía contentar a los dos a la vez.

Se bajó del coche y saludó a Jade con la mano mientras se acercaba y subía los peldaños de piedra. Se obligó a sonreír.

–¿Cómo estás?

–Enorme.

Amber le rio el chiste.

–He pedido cita en la clínica de la comunidad.

–Muy bien –Amber había insistido en que recibiera la debida atención médica–. ¿Cuándo la tienes?

–Les he dicho cuándo salgo de cuentas y me la han dado para mañana.

–Supongo que saben que no hay tiempo que perder.

–Estar embarazada no es una enfermedad.

–Pero quieres que el bebé esté sano.

–Este está muy sano –respondió su hermana poniéndose la mano en le estómago–. Parece un jugador de fútbol dando patadas.

–Te llevaré en coche a la cita –le ofreció Amber, que quería saber de primera mano lo que dijera el médico.

–Puedo tomar el autobús.

–No te preocupes. Puedo permitirme un poco de tiempo libre –sería algo más que un poco, pero no iba a decírselo a su hermana. Si tenía suerte, estaría trabajando de nuevo antes de tener que confesarle que la habían despedido.

–¿Tienes hambre? –preguntó a Jade.

–He preparado macarrones.

–¿Has cocinado? –preguntó Amber sin ocultar su sorpresa.

A Jade no se le daba bien la cocina ni la motivaban las tareas domésticas.

Jade sonrió con orgullo mientras entraban en la cocina.

–Ya están listos para meterlos en el horno.

–Estupendo. Gracias.

Jade encendió el horno en tanto que Amber ponía la mesa pensando que llevaba cinco años en Tucker Transportation y que la experiencia como administrativa adquirida les serviría en otra empresa. Esperaba que Tuck no fuera vengativo y que no dijera en la empresa que la había despedido.

De pronto, llamaron a la puerta.

–¿Esperas a alguien? –preguntó Jade.

–No. ¿Y tú?

–Nadie sabe que estoy aquí.

Amber abrió la puerta y se sobresaltó al ver a Tuck en el porche. La miró con el ceño fruncido y los ojos entrecerrados.

–¿Qué quieres?

–Hablar.

–No tengo nada que decirte.

–Después de que te hubieras ido, Jackson me hizo ver el error de mi forma de comportarme. He venido a darte otra oportunidad. Que te vayas no nos ayuda ni a ti ni a mí.

–¿Otra oportunidad para qué?

–¿Qué puedes decirme de Dixon?

–Te he dicho todo lo que…

–Hola –dijo Jade acercándose a la puerta–. ¿Eres vecino de Amber?

Tuck enarcó las cejas cuando se percató de que estaba embarazada.

–Es mi jefe –dijo Amber. Inmediatamente se dio cuenta de que ya no lo era, pero, antes de poder rectificar, Jade siguió hablando.

–Encantada de conocerte. Soy Jade, la hermana de Amber.

–Jade, no es un buen momento.

–Tuck Tucker –Tuck se presentó y le estrechó la mano–. Tengo que hablar con tu hermana.

–¿Debe volver al trabajo?

–No –contestaron Tuck y Amber al unísono.

–Solo quiero hablar con ella.

–Ah –dijo Amber, que había percibido la tensión entre ambos–. Entonces, os dejo solos.

Amber salió al porche y cerró la puerta.

–El mercado laboral no va a ofrecerte muchas oportunidades –apuntó Tuck.

–¿Intentas asustarme?

–No, solo quiero que seas realista. Tengo que hablar con mi hermano.

–Le prometí que no se lo diría a nadie. Y eso incluye a sus familiares.

–Así que reconoces que sabes dónde está.

–No lo sé con certeza. Te he contado lo que puedo contarte.

–No creo que Dixon quiera que te despidan.

–Yo tampoco.

Dixon siempre elogiaba su trabajo y afirmaba que no sabía qué haría sin ella.

–No me obligues a hacerlo.

–No te obligo a nada.

–Desobedecer una orden es insubordinación.

–Traicionar la confianza es peor.

–Las circunstancias han cambiado desde que hiciste esa promesa. Amber, por favor –rogó él agarrándola del brazo–. Necesito saberlo.

Su mano despertó en ella una oleada de recuerdos: la fuerza de su abrazo, el gusto de sus labios y el olor de su piel. De pronto, perdió el equilibrio y se inclinó hacia él, poniéndole la mano en el pecho para estabilizarse.

–No quiero pelearme contigo –gimió él.

Ella retiró la mano con brusquedad, pero él se la agarró y la volvió a depositar en su pecho.

Ella intentó luchar contra el deseo que había surgido en su interior. Solo quería caer en brazos de Tuck y besarlo hasta quedarse con la mente en blanco.

–Te he dicho todo lo que puedo decirte –afirmó mirándolo a los ojos.

Él la contempló con expresión burlona.

–Y sigues afirmando que no hay nada entre Dixon y tú.

–Es la verdad.

–¿Y vas a renunciar a tu empleo por él?

–Voy a renunciar por mis principios.

–¿Estás segura?

–Totalmente.

Él la besó.

Debido a la sorpresa, ella no se resistió y, durante unos segundos, lo besó a su vez. El cerebro le gritaba que parase, pero estaba cómoda en los brazos de él, que la besaba con ternura. Sin embargo, se impuso la razón. Se obligó a empujarlo para apartarlo. Se miraron a los ojos. Ella jadeaba.

–Tenía que estar seguro.

–¿De qué?

–De que no estás enamorada de mi hermano.

–Márchate –dijo ella cerrando los ojos para no verlo–. Vete y no vuelvas.

Al cabo de unos segundos abrió los ojos. Él se dirigía a su coche. Menos mal que había salido de su vida. Encontraría otro empleo. Trabajar para Tuck era lo último que deseaba.

–¿Amber? –dijo su hermana abriendo la puerta–. ¿Tu jefe es tu novio?

–¿Qué? No –contestó su hermana volviéndose hacia ella.

–Lo acabas de besar.

–No ha sido nada. Ha sido una idiotez por su parte. Me ha despedido. Ha habido una diferencia de opiniones. Mejor dicho, una diferencia de principios y valores. No es un hombre para el que quiera trabajar. Me parece bien que este asunto haya acabado así.

–¿Qué vas a hacer? –preguntó Jade con la preocupación reflejada en el rostro.

–Buscaré otro empleo –respondió Amber al tiempo que agarraba del brazo a su hermana y volvían a entrar en la casa–. Tengo capacidad y experiencia. Puede que incluso gane más.

–Pareces muy segura.

–Lo estoy.

Tal vez dejar Tucker Transportation fuera inevitable. Jamison planeaba, sin duda, despedirla, antes de sufrir el infarto. Dixon acabaría volviendo y estaría del lado de ella, pero Jamison era el presidente de la empresa, por lo que, cuando se recuperara, sería él quién diría la última palabra. Y como Tuck estaría de parte de su padre… Sí, definitivamente había llegado el momento de seguir adelante.

Tuck era incapaz de controlar la cantidad de trabajo que tenía. Sin Amber, se enfrentaba a problemas de todo tipo. Tenía una secretaria temporal, Sandy Heath, que había pedido prestada al departamento económico, pero esta se dedicaba a hacerle preguntas constantemente, lo que le hacía ir más despacio. Además, su padre tardaba en recuperarse, y era posible que no volviera a trabajar.

–¿Sandy? ¿Sube ya Lucas Steele?

Sandy se levantó y se acercó a la puerta.

–No lo sé.

–¿Le has dicho que le esperaba a las diez? –Tuck miró el reloj.

–Le llamé cuando me lo dijiste, pero me salió el buzón de voz.

–¿Hablaste con sus secretaria?

–Voy a hacerlo ahora.

–Da igual –dijo él al tiempo que se levantaba–. Ya bajo yo a buscarlo.

–Lo siento.

–No pasa nada.

No tenía sentido enfadarse con Sandy porque no fuera Amber.

Se montó en el ascensor y bajó tres plantas. El despacho de Lucas se hallaba al final del pasillo.

–Hola, jefe –lo saludó Lucas desde una de las numerosas mesas del despacho.

Una empleada estaba trabajando a su lado frente a tres monitores.

–El Red Earth ha recuperado el tiempo perdido –dijo ella sin levantar la vista–. Llegará a puerto a las seis de la mañana.

–Muy bien. ¿Me necesitas? –preguntó a Tuck.

–¿No has oído el mensaje que te ha dejado Sandy en el buzón de voz?

–No hemos parado en toda la mañana.

–No importa. ¿Tienes un minuto?

–Desde luego. Gwen, asegúrate de que se envíe el acuerdo sobre combustible.

–De acuerdo –contestó Gwen, que seguía sin levantar la vista.

Lucas salió del despacho con Tuck y entraron en una sala de reuniones.

–¿Qué pasa?

–Es mejor que no sentemos –dijo Tuck.

–¿Malas noticias? ¿Vas a despedirme?

Tuck soltó una carcajada.

–Voy a ascenderte.

–¿Por qué? ¿A qué puesto? No hay ninguna por encima del de director.

–No en el departamento de operaciones. Serás vicepresidente.

–No sirvo para ese puesto.

–¿Y crees que yo sí?

–Sí.

–Solo de nombre –afirmó Tuck.

–Estás loco.

–Mi oferta va en serio.

–Muy bien. ¿Vicepresidente de qué?

–No lo sé.

–Ya veo que lo has pensado bien.

–Vicepresidente ejecutivo.

–Ese es tu cargo.

–Pero soy presidente en funciones. Dixon ha desaparecido del planeta y mi padre no acaba de recuperarse. ¿Qué voy a hacer?

–Contratar a alguien.

–Te contrato a ti.

–Contrata a otro.

–Para ocupar tu puesto.

–No necesitas contratar a nadie par hacer mi trabajo, ya que lo hará Gwen, probablemente mejor que yo. Y yo no tengo ni idea de qué hacer en tu planta.

–¿Y crees que yo sí? Eres el último que queda.

–¿El último qué?

–El último director. Los demás se han marchado.

–¿Oscar también?

–Ayer. Corren rumores de que Dixon ha cometido un desfalco que hará quebrar là empresa, por lo que los cazadores de talentos han salido a buscar entre nuestros empleados.

–¿Y no hay posibilidad de que Dixon haya…?

–¿Tú también? –preguntó Tuck, asombrado.

–No. ¿Qué motivos tendría? Además, tú ya habrías comprobado que faltaba dinero y lo habrías denunciado a la policía.

–No tenía motivos, y no ha hecho nada ilegal.

Lucas agarró una silla y se sentó a la mesa de reuniones. Tuck lo hizo frente a él.

–Entonces, hablas en serio.

–Completamente. Cuando Amber estaba aquí, me las arreglaba más o menos. Sin ella, soy incapaz de continuar. Hemos perdido tres cuentas importantes desde que Zachary se fue.

–¿Crees que nos las ha robado?

–Estoy seguro. Lo que no sé es qué hacer para detenerlo. Podría intentarlo si tuviera tiempo de hacer unas llamadas, pero no tengo tiempo ni de respirar. Necesito a Dixon.

–Creí que Jackson lo estaba buscando.

–Ya ha seguido ocho pistas falsas.

–Contrata a otro investigador.

–No hay ninguno mejor que él. Y Amber sabe algo. Podría hacer que Dixon volviera.

Lucas se recostó en la silla y lo miró con expresión especulativa.

–No es lo que te imaginas. Era su secretaria de confianza. Él confiaba en ella.

–¿Qué le dijo?

–Amber no quiere hablar. Se lo ordené, pero no me obedeció, y la despedí.

–¿Has intentado sobornarla?

–Renunció al empleo para conservar la integridad.

–¿Y chantajearla?

–¿Con qué? Es honrada. Entonces, ¿lo harás?

–Temporalmente.

–Espero que sea todo lo que necesite –afirmó Tuck, aliviado–. Ni siquiera los dos juntos podemos sustituir a Dixon.

–No, no podemos. Debieras sobornar a Amber.

–No lo aceptaría.

–No lo sabrás hasta que se lo propongas.

–Lo sé.

Si Amber hubiera estado dispuesta a intercambiar sus principios por dinero, no hubiera dejado que la despidiera.

Amber se sentó a la mesa de la cocina y siguió mirando la página web de empleo donde la había dejado. Jade, sentada frente a ella, hacía ejercicios de matemáticas. La cafetera se hallaba entre ambas y los platos del desayuno estaban en el fregadero.

Jade se había ofrecido a recoger la cocina después, cuando Amber se dedicara a hacer su ronda diaria por las principales empresas de la ciudad. Sorprendentemente, al cabo de tres semanas en Chicago, Jade continuaba con su nuevo plan de vida. Ponía el despertador para levantarse temprano, comía de forma sana y estudiaba para los exámenes que esperaba aprobar antes de que naciera el bebé.

En cambio, el nuevo plan de vida de Amber había fracasado estrepitosamente. Había presentado una solicitud para una docena de empleos, había conseguido únicamente tres entrevistas y, hasta ese momento, otros candidatos la habían superado en dos de ellas. Todas las mañanas se decía que no debía perder la esperanza. Pero, después de haber pagado la hipoteca, otras facturas estaban a punto de llegar, incluyendo las de la clínica de Jade.

–Tienes muy buen aspecto hoy, muy profesional –dijo Jade observando la chaqueta y la falda que llevaba–. Seguro que te hacen una oferta.

–No estaría mal –Amber no quería que su hermana se diera cuenta de su preocupación.

–¡Ay! –exclamó Jade llevándose la mano al estómago–. Menuda patada.

–Seguro que es un niño.

–Será una niña, pero futbolista.

–Será un niño y jugará al rugby. Se gana mucho dinero.

–¿Crees que nos hará falta? Yo lo dudo. Las dos vamos a conseguir un buen empleo. Ascenderemos y ganaremos una fortuna.

–Estás hecha toda una soñadora –dijo Amber sonriendo, pues le gustaba que fuera optimista.

–Así es, por primera vez en mi vida –respondió su hermana.

Sonó el teléfono. Amber rogó que fuera una oferta de empleo. Fue Jade la que contestó.

–¿Sí? Hola, doctora Norris.

La desilusión de Amber fue enorme. Se levantó

para que Jade no le viera el rostro y fingió comprobar si había papel en la impresora.

–Muy bien –dijo su hermana.

Amber se dijo que esas cosas tardaban. No iba a encontrar trabajo al día siguiente.

–¿Qué prueba? –preguntó Jade en tono preocupado.

Amber volvió a sentarse al lado de Jade.

–¿Y eso es un problema? –miró a Amber.

–¿Qué pasa? –susurró esta al observar que Jade tenía los ojos empañados de lágrimas.

De pronto, Jade le pasó el auricular.

–¿Doctora Norris? Soy Amber.

–Hola, Amber. ¿Jade está bien?

–¿Qué le ha dicho?

–Me preocupa su presión arterial.

Amber ya lo sabía. Le había recetado unas pastillas para que no le subiera en las últimas semanas de embarazo.

–Los resultados de las pruebas de seguimiento que le hemos hecho no son buenos.

–¿El bebé está bien? –preguntó Jade frotando el hombro a su hermana.

–Hasta ahora, sí. Jade tiene preeclampsia. Es grave. Te recomiendo que la lleves al hospital. Quiero tenerlos controlados a ella y al bebé.

–¿Cuánto tiempo?

–Me temo que hasta que dé a luz. Hay riesgos para la placenta, y Jade corre el riesgo de sufrir daños en algunos órganos e incluso un derrame cerebral.

–¿Cuándo tengo que llevarla? –Amber apretó la mano de su hermana.

–¿Sigue teniendo dolores de cabeza?

–Sí.

–Entonces, es mejor no esperar. Esta misma mañana, si puede ser.

–Sí. Gracias.

–Así que, ¿tengo que volver? –preguntó Jade.

–Sí. La doctora dice que debe tenerte controlada. Quiere que vayas al hospital.

–¿Al hospital?

–Le preocupa tu presión arterial.

–Pero me dijo que se arreglaría con la medicación.

–Cuando estemos allí, podremos preguntarles.

–¿Cuánto tiempo tengo que quedarme?

–Un tiempo. No podemos correr ningún riesgo. Es lo mejor para ti y para el bebé. Vamos a hacer una maleta pequeña.

Jade señaló los libros.

–Pero ¿y mis estudios?

–Seguro que puedes estudiar en el hospital. De hecho, es el sitio ideal, ya que no tendrás nada más que hacer: cocinan y limpian ellos.

–No puede ser. No puedo ir al hospital sin más ni más.

–A veces, las cosas son así.

–¿Cómo voy a…? ¡Oh, no! –exclamó Jade al tiempo que se agarraba al brazo de su hermana.

El corazón le dio un vuelco a Amber.

–¿Qué te pasa?

–El dinero, Amber. Esto va a costar una fortuna. ¿De dónde voy a sacarlo?

–No te preocupes de eso ahora, porque no va a ayudaros ni a ti ni al bebé –sería Amber la que tendría que preocuparse–. Pediremos un préstamo.

–Lo siento mucho.

–No es culpa tuya. Lo estás haciendo muy bien. Estás estudiando y alimentándote de forma sana. Tienes que seguir haciendo todo lo que puedas en beneficio del bebé.

–Tengo miedo.

–Lo sé. No digo que la situación no te cause desasosiego, pero todo saldrá bien.

Amber llevaría a Jade al hospital y hablaría con su banco. Y cuando encontrara trabajo podría pedir un préstamo. Por eso debía encontrarlo deprisa. Serviría hamburguesas si era necesario.

Capítulo Seis

Tuck sabía cuándo las cartas que tenía no eran ganadoras, pero también que no podía abandonar. La empresa era responsabilidad suya.

Era sábado por la tarde y había aparcado un poco más allá de la casa de Amber. Pensó que lo mejor era tratar de razonar con ella cara a cara.

Sabía que a ella no la guiaba su propio interés, y suponía que no sentía simpatía alguna por él. Pero tal vez le preocupara el resto de los empleados, ya que la quiebra de Tucker Transportation se traduciría en la pérdida de empleos y la ruina para las familias de sus antiguos compañeros de trabajo. En su opinión, era su mejor baza.

Divisó el coche cuando aparcaba frente a la casa. Se bajó rápidamente del suyo y se acercó mientras ella salía del vehículo. Vestida con un traje pantalón, un jersey y botines de ante púrpura, caminaba con gracia y ligereza. Llevaba el pelo recogido en una trenza. Estaba muy hermosa.

Aún no lo había visto, por lo que sonreía. Él supuso que la sonrisa se le borraría enseguida. Y así fue. Lo vio y frunció el ceño.

–Hola, Amber –dijo mientras cubría los escasos metros que los separaban.

–¿Qué haces aquí, Tuck?

–¿Has ido de compras?

–Vengo de visitar a… –se calló–. ¿Qué quieres?

–Tengo que hablar contigo.

–No tengo tiempo –Amber echó a andar hacia la puerta de su casa.

–No tardaré mucho.

–Entonces, te lo diré menos educadamente –afirmó ella volviéndose hacia él–. Tengo todo el tiempo del mundo, pero no quiero dedicarte ni un minuto.

–Sigues enfadada.

–¿Cómo te has dado cuenta?

No quería que las cosas salieran así.

–Adiós, Tuck –retrocedió un paso.

–Dixon sigue sin dar señales de vida.

Ella se encogió de hombros.

–Han pasado seis semanas. Estoy preocupado.

–Sabe cuidar de sí mismo.

–¿Quién se toma unas vacaciones de seis semanas?

–Mucha gente.

–Pero no mi hermano.

Incluso si su padre no hubiera estado enfermo, Dixon no se habría marchado tanto tiempo, sobre todo sin ponerse en contacto con ellos. Tuck estaba empezando a preocuparse por su hermano.

–Puede que no lo conozcas tan bien como crees.

–Es evidente que no. ¿Por qué no me lo explicas? Lo conoces y sabes por qué se fue y adónde

–Tuck estaba seguro de que no había una relación sentimental entre ellos, sino respeto y confianza.

–¿No quiere hablar contigo?

–No tiene nada contra mí.

Aunque no estuvieran muy próximos, Tuck y Dixon no estaban distanciados. Tampoco se habían peleado.

–Las cosas han empeorado desde que… te fuiste –prosiguió él.

–¿Te refieres a desde que me despediste?

–Sí. Estamos perdiendo clientes y personal. Hemos pasado de ser una empresa con elevados beneficios a tener una previsión de pérdidas para el mes que viene.

Los azules ojos de Amber no expresaron ninguna clase de compasión.

–Tendrías que hacer algo.

–Me preocupan los empleados. Si esto continúa así, habrá despidos.

–¿Qué tiene que ver eso conmigo? A mí ya me has despedido.

–Apelo a tu humanidad.

–Y yo sigo defendiendo mi ética y mis valores.

–¿Dónde está, Amber? –preguntó Tuck acercándose más a ella.

–No lo sé.

–¿Qué es lo que sabes?

–Que no quería que te dijera nada.

–Eso fue hace semanas.

–No me ha dicho lo contrario.

–Entonces, ¿no has tenido noticias suyas?

–No –contestó ella, sorprendida.

–¿Sabe cómo ponerse en contacto contigo?

–Probablemente me llamaría al trabajo. Pero también podría ponerse en contacto contigo. Si quisiera hacerlo, te llamaría –Amber dio media vuelta para marcharse.

–Y en caso de emergencia, ¿puedes transmitirle un mensaje? Dime cuál es tu precio.

–¿Mi precio? –preguntó ella asombrada, al tiempo que se volvía hacia él.

–Lo que quieras. ¿Qué deseas?

Para alivio de Tuck, ella pareció interesada.

–Me pagarías por transmitir un mensaje a Dixon.

–Sí.

Ella pareció reflexionar.

–¿Y qué tendría que decirle?

–¿Lo harás? –¿tenía razón Lucas? ¿La convencería la posibilidad de ganar dinero?

–¿Qué tendría que decirle? –repitió ella.

–Cuéntale lo del infarto de mi padre y que estoy arruinando la empresa.

–Quieres asegurarte de que vuelva.

–Quiero asegurarme de que sepa cuál es el coste de su ausencia.

–No voy a mentir por ti.

–No es mentira.

–No estás arruinando la empresa. Estás pasando una mala racha, desde luego, pero…

–No has estado allí.

–Exageras.

–¿Qué me costará?

–¿Estas dispuesto a sobornarme?

–Si es necesario…

–Y solo tendría que contarle lo de tu padre.

–Y que estoy arruinando la empresa.

–No pienso utilizar la palabra «arruinar».

–Entonces, dile que la previsión es que suframos pérdidas el mes que viene –se llevaría tal susto que volvería inmediatamente–. ¿Cuánto?

Estaba dispuesto a pagarle lo que quisiera.

–Quiero volver a mi puesto.

–¿Quieres volver a trabajar para mí? –Tuck no se lo esperaba, y estaba sorprendido de que ella estuviera dispuesta a hacerlo.

–Quiero volver a trabajar para Dixon.

–El puesto es tuyo –estaba entusiasmado de que Amber volviera. De hecho, se sentía culpable de que ella le hubiera pedido algo tàn modesto–. ¿No desea nada más?

–¿Quieres que te pida algo más?

–Sí, lo que quieras.

–Muy bien –dijo ella después de unos segundos de vacilación. Sacó un papel del bolso y lo desdobló, pero no dejó que él lo viera–. Ya que insistes. Me puedes dar una prima por firmar el contrato y aceptar el puesto.

–¿De cuánto?

–De veintiocho mil doscientos sesenta y tres dólares.

–¿De dónde sale esa cifra? –preguntó él, lleno de curiosidad.

–No es asunto tuyo –volvió a meter le papel en el bolso.

–Entonces, ¿lo llamarás?

–Sí.

–Quiero decir ahora.

–¿Ahora mismo?

Él asintió con firmeza.

–Supongo que sí –ella volvió a dirigirse a la puerta principal y él la siguió.

–¿No te fías de mí?

–Sí, pero quiero ver qué pasa.

–No sé exactamente dónde está Dixon –apuntó ella mientras abría la puerta–. No te he mentido. Pero me dejó un número para llamarlo en caso de emergencia.

Tuck quiso preguntarle hasta qué punto debía empeorar la situación para que ella lo considerara una emergencia, pero se abstuvo de iniciar otra discusión.

Ella dejó el bolso en la mesita del vestíbulo, sacó el móvil y buscó el número mientras entraba al salón. Se sentó en el sofá y cruzó las piernas. Tuck se sentó en el brazo del sofá.

–¿Me pone con la habitación de Dixon Tucker?

Un hotel, obviamente. Tuck quería saber dónde.

–¿Que no está? –Amber frunció el ceño–. No lo entiendo. ¿Cuándo lo hizo?

Tuck se preguntó si ella no estaría jugando con él. ¿No estaría fingiendo que había intentado hablar con Dixon sin conseguirlo?

–De eso hace menos de una semana. ¿Le dijo adónde iba? Sí, entiendo.

–¿Qué pasa? –preguntó Tuck.

–Gracias. Adiós.

–¿Qué te han dicho? ¿Con quién has hablado? ¿Dónde está Dixon?

Amber dejó el móvil en el sofá, a su lado.

–Se ha marchado.

–¿De dónde?

–De Scottsdale.

–¿En Arizona?

–Estaba en el Highland Luminance.

–¿Es un hotel?

–Un balneario.

–¿Qué hacía allí?

–Recuperarse. Se suponía que se había ido para ponerse bien. Pero se ha marchado. Lo hizo a los pocos días de llegar. ¿Por qué lo habrá hecho?

–¿Por qué fue allí, en primer lugar?

Era cierto que el divorcio había sido muy duro para él, pero la gente se divorciaba todos los días.

–Para recibir ayuda. Tienen baños, yoga, aire puro y tranquilidad, comida orgánica y terapia física y emocional.

–Nada de todo esto tiene sentido –afirmó Tuck intentando buscar una explicación.

–Estaba agotado, trastornado por…

–Sí, sí, ya me lo has dicho, pero me parece increíble. Dixon es un hombre inteligente, sólido y capaz.

–Lo agotasteis de tanto trabajar –dijo ella.

–Yo no hice nada.

–Exactamente –respondió ella con firmeza.

Tuck la fulminó con la mirada.

–¿Quieres decir que es culpa mía?

–Sí, tuya, de tu padre y de Kassandra.

Tuck intentó defenderse, pero no se le ocurrió argumento alguno. ¿Era culpa suya? ¿Por qué no había recurrido Dixon a él? Podían haber hablado y solucionado las cosas. Él lo hubiera apoyado.

–Dixon es muy introvertido –explicó Tuck.

–Yo, en tu lugar, dejaría de preocuparme de por qué se fue a Arizona y comenzaría a hacerlo sobre dónde está ahora.

Amber tenía razón. Él sacó el teléfono y llamó a Jackson.

–Dixon se marchó a Arizona. A Scottsdale, a un sitio que se llama Highland Luminance. Se fue de allí hace cinco semanas, pero podemos seguirle el rastro. Me voy… –Tuck miró a Amber–. Nos vamos a Scottsdale. Te veremos allí.

Amber abrió los ojos y negó con la cabeza.

–Estoy en Los Ángeles. Llegaré por la mañana –contestó Jackson.

–Nosotros lo haremos esta noche.

–De ningún modo –dijo ella.

Tuck finalizó la llamada.

–Es evidente que conoces a mi hermano mejor que yo. Has vuelto a trabajar para mí y te necesito en Scottsdale.

–No puedo marcharme.

–Claro que puedes.

Amber entró sin hacer ruido en la habitación de Jade para no molestarla si estaba durmiendo. Pero estaba sentada en la cama leyendo un libro de texto y le sonrió.

–¿Cómo te encuentras?

–Bien, pero me siento culpable de estar aquí tumbada todo el día.

–Estás estudiando –Amber agarró una silla y la acercó a la cama para sentarse.

–No tanto como debiera.

–No importa. Lo más importante es que tu salud no se resienta y que el bebé siga creciendo unas cuantas semanas más.

Jade tenía las mejillas sonrosadas y el rostro algo hinchado, pero su mirada era clara y luminosa. Se llevó la mano al abultado vientre.

–Crece de hora en hora.

–Es lo que queremos. Traigo buenas noticias.

–¿Me puedo ir a casa? Quiero decir, ¿a tu casa?

–No, pero tengo trabajo.

Jade comenzó a sonreír, pero se contuvo y adoptó una expresión de tristeza.

–Eres increíble.

–Solo es un empleo, Jade.

–No, no es solo un empleo –parecía a punto de romper a llorar.

–¿Qué te pasa? –preguntó Amber tomándola de la mano.

–Da igual lo que haga y los problemas que te cause, porque siempre te ocupas de todo.

–No me causas problemas. Soy tu hermana mayor y es lógico que te ayude.

Amber deseó no tener que marcharse de la ciudad. Aunque Jade era una persona adulta y en el hospital la cuidarían bien, se sentía culpable.

–¿Te acuerdas de Earl Dwyer? –preguntó Jade.

El nombre sorprendió a su hermana.

–¿El amigo de mamá?

Jade asintió y se limpió la nariz con un pañuelo de papel.

–Anoche estuve pensando en él.

–No hay motivo para que te acuerdes de él.

–¿Recuerdas cómo nos gritaba?

–Sí, pero me sorprende que lo hagas tú. No tendrías más de cinco años cuando se mudó –Amber recordó su expresión malhumorada, su voz atronadora y que Jade y ella se encerraban en su habitación cuando su madre y él comenzaban a discutir.

–Lo recuerdo todo de él –afirmó Jade en voz baja.

Amber se levantó de la silla y se sentó en el borde de la cama para frotarle el hombro.

–Pues deja de hacerlo. Hace mucho que se marchó.

–¿Te acuerdas del incendio?

–Sí –Amber no sabía adónde quería llegar Jade.

–Mamá le ordenaba a Earl que no fumara en el sofá. Le gritaba continuamente que no lo hiciera, que se iba a quedar dormido, que se incendiaría la casa y que moriríamos todos.

—Pues estuvo a punto de conseguirlo —Amber se estremeció al recordar el olor acre, el humo y las llamas que se elevaban del sofá.

—Así es como supe que funcionaría.

—¿El qué?

—Esa noche se quedó dormido —dijo Jade, que se enrollaba y desenrollaba los dedos en la manta—. Mamá estaba en su habitación. Recuerdo que en la radio cantaba Janis Joplin. Tú dormías.

—Tú también.

Jade negó con la cabeza.

—Yo estaba despierta. Entré en el salón. Tenía miedo de que se despertara. No dejaba de imaginarme sus pálidos ojos azules abriéndose, su apestoso aliento y sus manos que me agarraban.

Amber se quedó petrificada.

—Pero no se despertó —añadió Jade—. Así que agarré el cigarrillo del cenicero y el periódico de la mesa. Arrugué una esquina, como había visto hacer en una película. Lo metí entre los cojines y me fui a la cama.

—¡Ay, Jade! —exclamó Amber.

—Yo provoqué el incendio —los ojos de Jade se llenaron de lágrimas—. Yo lo inicié y tú lo apagaste. Solo años después me di cuenta de que podíamos haber muerto todos.

—Tenías cinco años —a Amber le costaba trabajo creer que una niña tan pequeña pudiera haber concebido y ejecutado ese plan.

–¿Crees que soy mala?

–Creo que estabas asustada.

–Sabía que, si el sofá se prendía fuego por culpa de Earl, mamá lo echaría a patadas y no volveríamos a verlo.

–Era un plan brillante –susurró Amber abrazando a Jade–. La próxima vez, prepara un plan para apagar el fuego.

–En eso estuve pensando anoche.

–Debes dejar de hacerlo. Pasó hace mucho tiempo.

–Pensé en lo que ha sido mi vida hasta ahora. He iniciado fuegos que tú has apagado. Y ahora estoy embarazada y enferma.

–Pero vas a ponerte bien.

–Tú tienes un nuevo empleo, así que mi hijo y yo no nos moriremos de hambre en la calle.

–Todo va a salir bien.

–Gracias, Amber –dijo Jade con voz entrecortada.

–De nada.

–Voy a hacer mejor las cosas.

–Ya lo estás haciendo.

–Conseguiré trabajo y te devolveré el dinero. Y lograré, de algún modo, ser yo la que te ayude.

–Desde luego –afirmó Amber–. Tengo otra buena noticia. Me han dado una prima por firmar el contrato, y es suficiente para pagar los gastos del hospital.

Jade parpadeó.

–¿Estás de broma?

–Hablo en serio.

–¿Por qué te han dado esa prima? ¿Qué trabajo es ese?

Amber no iba a mentirle.

–Mi antiguo trabajo.

–¿Vas a volver?

–Voy a volver.

Jade puso cara de preocupación.

–¿A trabajar para Tuck? ¿El tipo que te besó?

–Para Dixon, su hermano, que volverá pronto.

–Él es el más agradable de los dos, ¿verdad?

–Sí –lo único que había que hacer era localizarlo y todo volvería a la normalidad.

–¿Y Tuck?

–Apenas aparece por la oficina. Cuando Dixon regrese, no volveré a verlo.

Jade frunció el ceño.

–Pero lo besaste.

–Él me besó.

–Y tú le devolviste el beso. Lo vi. Eso significa que te atrae.

Amber se encogió de hombros.

–Puede que un poco. Es guapo, inteligente y divertido. Debieras de ver la cola de mujeres que hay esperando a salir con él. Pero, entre nosotros no va a pasar nada más. En realidad, yo no le intereso.

Había reflexionado mucho sobre los besos de Tuck y había llegado a la conclusión de que eran una demostración de poder, o una prueba, como él mismo había dicho; o simplemente que tenía la costumbre de besar a toda mujer que se le acercara. A juzgar por lo que publicaban los periódicos, había besado a muchas mujeres.

–Debes tener cuidado con los hombres.

Amber estaba de acuerdo, sobre todo al pensar en Earl y los otros novios de su madre. Por no mencionar a algunos de los de Jade.

–Aunque las cosas comiencen bien –añadió Jade– suelen acabar mal.

–Estamos de acuerdo.

–Pero el deseo es algo extraño.

–En este caso, no se trata de deseo –tal vez fuera curiosidad o atracción sexual, pero lo que Amber sentía por Tuck no alcanzaba la categoría de deseo.

–Yo he salido con hombres que sabía que no me convenían, pero eso no me impedía salir con ellos. De hecho, me parecían más atractivos.

–Yo no soy como tú.

Jade no parecía convencida.

–Tengo más noticias –dijo Amber, dispuesta a cambiar de tema–. Tengo que marcharme unos días por trabajo. Es por Dixon –añadió con rapidez. No quería que su hermana se preocupara–. Está en Arizona y tengo que ir allí. ¿Crees que estarás bien?

–Claro que sí. Me dedicaré a estudiar.

–Muy bien –Amber se levantó–. Me marcho esta noche.

La sonrisa de Jade se evaporó, pero asintió con valentía.

–¿De verdad crees que no soy mala?

–Eres dura y valiente –respondió su hermana abrazándola–. Cuídate. Y no estudies demasiado.

–Que disfrutes de Arizona. ¿Va Tuck contigo?

–Probablemente –contestó Amber, incapaz de mentirle del todo–. Al menos, parte del viaje.

–No te enamores.

–No lo haré.

–Es sexy. Y he visto cómo te mira. Quiere acostarse contigo.

A Amber la invadió una inesperada ola de deseo.

–Pues lo siento por él.

–Dile que no.

–No voy a decirle que sí, desde luego.

Amber no iba a decírselo. De hecho, dudaba que él volviera a pedírselo, ya que le había dejado muy claro que no era tan atractiva como las mujeres con las que solía salir. En su fuero interno, ella sabía que no se lo propondría de nuevo. Tuck tenía muchas otras posibilidades, y no volvería a pensar en ella.

Capítulo Siete

Tuck seguía deseando a Amber, y su deseo aumentaba minuto a minuto. Ella estaba frente a él, radiante, acurrucada en un sillón en el jardín del hotel Scottsdale. La chimenea que había entre ambos le iluminaba bellamente el rostro y las estrellas brillaban en el oscuro cielo.

–¿Se te ocurre alguna idea? –preguntó ella.

Se le ocurrían varias, pero no creía que ninguna fuera del agrado de Amber.

Ella llevaba un vestido azul que le llegaba a la altura de la rodilla y una chaqueta de punto que se había remangado. Las sandalias estaban en el suelo y, después de la segunda copa de vino, se había soltado el cabello.

–Soy su hermano –contestó Tuck refiriéndose a la conversación que habían tenido previamente en Highland Luminance–. Tiene que haber alguien que pueda autorizar que se me dé información sobre él.

–La recepcionista no nos animó mucho – Amber recordó a la mujer que les había pedido que se fueran del balneario.

–No puede ser que tomar parte en una clase de yoga implique la misma confidencialidad que,

92

por ejemplo, un diagnóstico de una enfermedad de transmisión sexual.

–Nos dijo la fecha en que se había ido.

–Hace más de cinco semanas.

Amber dio otro sorbo de vino. Su rostro y sus hombros eran blancos y suaves. Tuck recordó su sabor, su olor y la sensación de tenerla en sus brazos.

–Debiéramos aportar ideas sobre Dixon –dijo ella.

Tuck abandonó la fantasía de besarle el cuello.

–¿A qué te refieres?

–¿Qué sabes de él? ¿Tiene sueños no cumplidos, deseos secretos?

–No me cuenta sus deseos secretos –ni él a Dixon.

–¿Y cuándo erais más jóvenes?

–Mis deseos han cambiado desde entonces. Supongo que los de él también.

–Vamos a jugar. ¿Qué más tenemos que hacer?

Tuck no se atrevió a decirle lo que pensaba que podían hacer.

–Es gracioso, pero hoy he recordado que los sucesos de la infancia pueden afectarte la vida entera.

Tuck trató de alejar de su mente sus fantasías sexuales.

–¿Crees que lo de Dixon es una reacción a su infancia?

–No, creo que es una reacción al agotamiento y a la infidelidad de su exesposa. Pero su forma de reaccionar puede manifestar la percepción profunda que tiene de sí mismo.

—La percepción profunda de sí mismo… ¿Eso es del folleto de Highland Luminance?

—No, es de un documental —respondió ella a la defensiva—. Pero es válido. Significa quién crees que eres.

—¿Quién crees que eres, Amber? ¿Cuál es la percepción profunda de ti misma? —a Tuck le interesaba más ella que su hermano.

—Es fácil. Soy organizada y no puedo dejar que la gente se enfrente sola a sus errores.

Tuck sonrió ante semejante respuesta.

—Pues conmigo lo hiciste.

—Cuando me despediste. Hasta entonces, sabiendo que era un error, te estuve ayudando.

Era cierto.

—Y te lo agradecí.

—Ya se vio.

—Te he vuelto a contratar.

—Porque me necesitas.

—Es verdad. Y aquí estás.

—¿Y Dixon?

—¿No quieres saber nada de mí?

—Ya conozco la percepción que tienes de ti mismo.

—Dímela.

—Crees que eres un hombre con talento, con éxito y guapo. Sabes que tienes talento porque consigues lo que quieres con facilidad. Lo otro lo ves al mirarte al espejo.

Su juicio era muy poco favorecedor.

–Entonces, ¿soy presuntuoso?

–Creo que eres realista.

–Nací en una familia rica que esperaba poco de mí.

Ella estaba de acuerdo.

–Pero eso no hace que piense que tengo talento y éxito, sino que soy una persona mimada e inútil.

Amber lo miró con escepticismo.

–Sin embargo, no haces nada por cambiar.

Él no quiso discutir. Si no se había dado cuenta de cuánto había trabajado las semanas anteriores, señalárselo no serviría para nada.

–Pero estoy aquí.

–Para volver a lo anterior.

–En beneficio de Tucker Transportation.

Ella reflexionó durante unos segundos.

–Estás haciendo un buen trabajo.

Tuck creyó haber oído mal.

–¿Cómo dices?

–Ya me has oído. No vayas a la caza de cumplidos.

–Me ha pillado de sorpresa.

–Estas haciendo un buen trabajo –repitió ella–. Pero estás desesperado por hallar a Dixon porque quieres librarte de seguir trabajando, no por el bien de la empresa.

–Te equivocas –aunque a Tuck no le había hecho gracia subir a bordo, estaba contento de haberlo hecho. Las seis semanas anteriores se había sentido más útil que en el resto de su vida.

–No, tengo razón. Pero podríamos seguir discutiendo toda la noche. Se trata de Dixon. Cuando era adolescente, ¿qué le hacía feliz?, ¿qué le hacía enfadar?

–Yo lo hacía enfadar.

–No me extraña –observó ella sonriendo.

–¿Porque soy el malo de la película?

–¿Cómo hacías que se enfadase?

–Una vez le robé los caramelos a Susie, nuestra niñera. Los tenía en un tarro, en la despensa, para premiarnos cuando nos portábamos bien. Agarré una silla y la llevé a la despensa, puse una banqueta encima, me subí y me llené los bolsillos. Dixon estaba aterrorizado. Estaba seguro de que nos pillarían.

–Es paradójico.

–¿Que robara la recompensa por buena conducta? Estaba riquísima.

¿Te pillaron?

–No.

–¿Dixon se tomó los caramelos?

–Sí. Se contuvo durante un rato, pero, al final, se dio por vencido. ¿Crees que esa experiencia le dejó huella? ¿Debiéramos dedicarnos a recorrer las confiterías de los alrededores?

Ella puso los ojos en blanco.

–¿Qué más?

–Por la noche, solía escaparme por la ventana del dormitorio para ver a alguna chica.

–¿Dixon te acompañaba?

–No. Por aquel entonces, se mantenía firme en

sus convicciones, o era fiel a su novia de turno. Ahora que lo pienso, les era fiel. Tuvo dos antes de casarse con Kassandra. Eran muy guapas, pero me parecían aburridas y algo estiradas.

—Tienes gustos diferentes a los de tu hermano.

—Así es —afirmó él al tiempo que pensaba que si llevara cinco años trabajando codo con codo con ella, tanto si estuviera casado como si no, su fidelidad se hubiera puesto en duda.

El aire pareció espesarse entre ambos. Si él hubiera estado más cerca, la hubiera acariciado.

—Así que Dixon es digno de confianza —fue Amber la que habló primero—. Es honrado, fiel y trabajador.

—Pareces mi padre.

—Incluso en medio de una crisis emocional, lo primero que hace es intentar que su padre le dé permiso para marcharse. Después le deja una carta explicándole que se va y a mí me deja como garantía de seguridad.

—Pues no le ha servido de mucho.

—Te dije que creí que podrías arreglártelas solo. Y lo sigo creyendo, si te lo propones.

—¿Si me propongo dirigir un conglomerado de empresas internacionales sin conocimientos ni experiencia?

—¿De quién es la culpa de que no tengas experiencia?

Tuck quiso decir que de su padre y de su hermano. Pero sabía que también él era responsable por haberse quedado sentado sin hacer nada.

¿Siempre elegía un atajo? ¿Prefería robar los caramelos a ganárselos?

–¿Crees que la gente cambia? –preguntó.

–Creo que puede intentarlo.

Tuck volvió a sentir la atracción magnética que había entre ambos.

–Voy a acostarme –dijo ella levantándose.

–¿Es, por casualidad, una invitación? –preguntó él levantándose a su vez.

–Tuck…

Él se arrepintió inmediatamente de la broma.

–Perdona.

Ella lo miró con sus ojos azules, las mejillas sonrosadas y el cabello ondulado por la brisa. Tenía los labios entreabiertos, a punto para ser besados.

–¿Tan fuerte es tu necesidad automática de flirtear?

–No es una necesidad automática.

–Entonces, ¿qué es?

–Eres tú, Amber, solo tú.

–Evito darte pie a que lo hagas.

–Lo evitas, pero sé que sientes lo mismo que yo.

–¿No puedes dejar de hacerlo? –preguntó ella con voz ronca.

–¿Por qué? –preguntó él al tiempo que le pasaba el brazo por la cintura.

Ella no se desasió.

–Porque no acabará bien.

–No lo sabemos. No puedes predecir el futuro.

–Puedo predecir lo que va a pasar el minuto siguiente.

—Me da miedo preguntártelo —afirmó él sonriendo con cautela.

—¿Vas a besarme?

—Es un alivio —la agarró con más fuerza y se inclinó hacia ella—. Creí que me ibas a dar una patada en la entrepierna.

Transcurrió el minuto y después varios más. Los labios de Tuck eran firmes, su cuerpo prieto y su abrazo fuerte y seguro. La pasión se despertó en el interior de Amber.

Sabía que debían detenerse, pero no quería hacerlo. No quería separarse de los brazos de Tuck ni del deseo que se iba extendiendo por sus miembros. Decidió que podía seguir unos segundos más gozando del paraíso.

Los dos eran adultos sin ataduras. Podían besarse y abrazarse para comprobar los límites de su resistencia sin que el mundo de detuviera. Estaban en el jardín de un hotel. Las cosas no podían ir muy lejos.

Tuck separó su boca de la de ella y apoyó el rostro en su cuello. Bajó las manos desde la cintura hasta sus nalgas y la apretó contra sí. Estaba excitado. Darse cuenta de ello debiera haber preocupado a Amber en vez de haberla excitado.

—¿Y ahora? —preguntó él con la respiración jadeante.

Amber sabía que debía controlarse. Había llegado el momento de negarse, de recordar quiénes eran y de retirarse educadamente a su habitación. Sin embargo, en lugar de eso, dijo:

–Creí que lo sabía.

–¿Y no lo sabes?

–Sí. Debiera saberlo. Creí que lo sabía.

–Piensas demasiado –afirmó él separándose de ella lo justo para mirarla.

–No, no pienso lo suficiente –si contemplaba la posibilidad de dejar que las cosas fueran más lejos, era porque no estaba pensando lo suficiente.

–Parece prometedor.

–Tuck… –ella suspiró y se apoyó en su cuerpo.

–Tengo una habitación maravillosa –apuntó él con voz profunda–. Tiene una cama grande y una enorme ducha, y seguro que el servicio de habitaciones será estupendo para pedir que nos suban el desayuno. Y estoy dispuesto, mejor dicho, estoy deseando compartirla contigo –pero, después, aflojó la fuerza con la que la agarraba y se separó de ella–. Sin embargo, cuando una mujer tiene que pensarse tanto si quiere hacer el amor, la respuesta está clara.

Tuck estaba en lo cierto. Y se estaba portando como un caballero. Era cortés y admirable, pero ella se sentía decepcionada. ¿Qué había sido del atrevido Tuck que robaba caramelos y se escapaba por la ventana del dormitorio?

–Me estás diciendo que no –observó ella.

–Te estoy diciendo que sí, que desde luego, pero que no quiero que te arrepientas después. Y vas a hacerlo.

Volvía a estar en lo cierto.

–Eres mucho mejor de lo que la gente piensa.

–Soy más inteligente.

–¿Ahora lo estás siendo?

–Soy responsable. Estoy haciendo lo que haría Dixon. Siempre he pensado que era mejor que yo.

–Sin embargo, tú estás aquí y él ha desaparecido.

–La vida está llena de paradojas.

Ella se obligó a retroceder para soltarse del abrazo de Tuck.

–Lo siento, de verdad.

–¿Que no quieras acostarte conmigo?

–Haberme dejado llevar. No quería darte esperanzas.

–Prefiero que haya sido así –le acarició el cabello–. Bésame cuando te apetezca y llévalo hasta donde quieras. Soy capaz de manejar la decepción. ¿Quién sabe? Puede que un día estés segura de lo que quieres.

Estaba a punto de aceptar, pero no se atrevió a decírselo, ya que, si no tenía cuidado, se convencería de que lo deseaba en aquel mismo momento.

–No te asustes –dijo él.

–Esta no soy yo.

–Se llama química, Amber, y no tiene que significar nada.

–¿Así que ya has sentido esto antes? –preguntó ella muy decepcionada.

–Constantemente.

Y no significaba nada para él. Amber se alegró

de que lo hubieran aclarado. Jade tenía razón. Una relación con el hombre equivocado acababa mal de forma inevitable.

–Estoy segura. La respuesta es que no, y así va a seguir. Estoy aquí para trabajar, para encontrar a Dixon. Y punto.

–¿Lo ponemos entre exclamaciones?

–¿Te burlas de mí?

–Sí. Reconocerás que el cambio ha sido muy rápido.

–Solo he tardado un minuto en aclararme las ideas. Buenas noches, Tuck.

–Buenas noches, Amber –el tono de burla continuaba en su voz.

–¿Jackson llegará por la mañana? –preguntó ella para despedirse de manera profesional.

–¿Crees que él protegerá tu virtud?

–Solo pienso en encontrar a Dixon. Lo demás, se acabó.

No iba a volver a besar a Tuck ni a acariciarlo ni a flirtear con él. Se mantendría a distancia y se comportaría como una profesional.

Después de una noche de insomnio fantaseando con Amber y preguntándose por qué se había portado como un caballero, Tuck no estaba de humor para hablar de las ventas de la empresa. Pero Lucas estaba al teléfono y tenía razón: Robson Equipments era un cliente importante y Tuck solo estaba a media hora de Phoenix.

–Diles que aceptamos. Jackson ha venido con un par de ayudantes, así que seguro que podrán prescindir de mí durante unas horas –dijo a Lucas.

Robson Equipments había organizado una cena de negocios, a la que había que ir vestido de etiqueta, y Lucas le había conseguido una invitación. Así tendría la ocasión de adelantarse a cualquier maniobra que intentara Zachary Ingles para robarle el cliente.

–Llévate a Amber –dijo Lucas.

–Jackson necesita su ayuda.

Después de lo que ella le había dicho la noche anterior, no creía que quisiera acudir a una cena.

–No necesito una acompañante.

–No es una acompañante, sino tu secretaria. Conoce todos los detalles de este cliente y, además, empiezo a pensar que es más lista que tú.

–Ja, ja.

–No es broma.

–No creo que acepte.

–Está ahí para trabajar, ¿no?

Tuck no quería explicarle la complejidad de su relación con ella, ni sabría cómo hacerlo. La noche anterior, él le había mentido. Lo que sentía por ella no lo había sentido en su vida. Aunque hubiera prometido no tocarla, no se fiaba de sí mismo. Aunque hubiese decidido portarse como Dixon, necesitaba práctica.

–Ya tiene ocupado todo el día.

–Pues págale horas extras.

–No estoy seguro de…

–¿Has hecho algo que la ha molestado?

–No. Bueno, sí, pero no es lo que crees…

–Es justo lo que creo. Y seguro que te ha rechazado. Espero que lo recuerdes la próxima vez.

–No me ha rechazado, ni mucho menos –contestó él sin poder controlar su ego.

–¿Qué habéis hecho?

–Nada. Es complicado.

–Pues explícamelo. ¿Tengo que recordarte las cifras de ventas del año pasado de Robson Equipments?

–No –Tuck sabía que eran muy altas.

–Y no me negarás que ella conoce todos los detalles.

Lucas tenía razón, y solo pretendía defender los intereses de Tucker Transportation, que era justamente lo que Tuck debía intentar.

–Pues llévatela –dijo Lucas.

–De acuerdo.

–Hablaremos más tarde –Lucas finalizó la llamada.

Llamaron a la puerta.

Tuck acabó de abotonarse la camisa. La cama le había resultado cómoda. La noche anterior, le esperaban una botella de champán muy fría y fresas con chocolate. Un agradable detalle del que le resultó imposible disfrutar por estar solo. Hubiera deseado invitar a Amber a su cama, desnuda, sonriendo y acogiéndolo en sus brazos sin reservas.

Abrió la puerta. Eran Amber y Jackson. Ella estaba guapísima, aunque ni siquiera le sonrió.

–Hemos comprobado los hospitales, las morgues y las comisarías de policía –le informó Jackson entrando directamente en la habitación.

–Supongo que no habéis encontrado nada.

–No hay pistas en las compañías aéreas ni públicas y privadas. También hemos comprobado los trenes, los autocares y los coches de alquiler.

Amber entró en la habitación con actitud profesional.

–Podría haber comprado un coche.

–Eso sería más propio de él –concedió Tuck.

–Investigaremos si hay algo registrado a su nombre o al de la empresa. Por si sigue en la zona de Scottsdale, comprobaremos los hoteles y moteles.

–No habrá comprado una casa… –Amber todavía no había mirado a Tuck.

–Depende del tiempo que piense quedarse –respondió él intentando mirarla a los ojos.

–Propongo que bajemos a desayunar –dijo Jackson–. Después, Amber y yo repasaremos lo que ella recuerde.

–¿Y Highland Luminance?

–Sus registros son confidenciales –apuntó Jackson.

–Lo sé, pero tal vez pudieras…

–Lo mejor será que no me hagas más preguntas a ese respecto –contestó Jackson.

–Entendido –si Jackson tramaba algo no del todo legal, Tuck prefería no saberlo–. Empecemos por lo que Amber recuerda.

–Lo mejor será que lo hagamos ella y yo solos –sugirió Jackson.

–No –dijo Tuck con una punzada de celos.

–Teniendo en cuenta vuestra historia… –observó Jackson.

–¿Nuestra historia? –preguntó en tono desafiante.

A Tuck le parecía increíble que ella le hubiera contado lo de la noche anterior.

–La despediste… –le aclaró Jackson.

–¿Es eso?

–Sí.

–Tengo que oír lo que diga.

–No quiere que lo hagas.

–Tal vez me reavive un recuerdo, algo de nuestra infancia.

–¿Vas a usar eso contra mí? –preguntó Amber en tono desafiante.

–¿Crees o no que la historia pasada de Dixon puede ser relevante?

Ella entrecerró los ojos.

–Ni que fueras a desnudarte –le espetó Tuck.

–Eso nos va ayudar mucho, Tuck –se burló Jackson.

–Está haciendo el ridículo, Jackson –afirmó Amber.

–Tiene razón, pero no quiero perderme algo solo porque ninguno de vosotros dos reconoce su importancia.

–También tiene razón –concedió ella–. No te regodees –le advirtió.

–No lo haré.

–Eres un mentiroso –ella se dirigió a la puerta.

–La necesito esta noche –dijo Tuck a Jackson.

Amber y Jackson le miraron.

–Robson Equipments celebra un evento de negocios en Phoenix. Lucas afirma, y cito textualmente, que Amber debe acudir porque es más inteligente que yo y porque no podemos permitirnos perder a ese cliente.

–Por mí, de acuerdo –afirmó Jackson.

Amber fue a decir algo, pero Tuck la cortó.

–Te pagaré el doble por cada hora extra.

Ella vaciló. Después asintió y volvió a dirigirse a la puerta.

Tuck estaba sorprendido. ¿El dinero la había vuelto a convencer? Aquello comenzaba a parecerle demasiado fácil.

Capítulo Ocho

Amber había desenterrado todos los recuerdos que tenía de los planes de Dixon. Tuck había permanecido en silencio durante toda la conversación con Jackson y, al acabar, se había marchado sin hacer comentarios. Jackson se había ido inmediatamente a reunirse con su equipo, lo cual dejó a Amber tiempo para llamar a Jade.

Las noticias del hospital eran buenas. La presión arterial se le había estabilizado. Le habían hecho una ecografía y el bebé seguía bien. Parecía que sería niña.

Amber también había visto que ya le habían ingresado la prima, por lo que podría pagar las facturas del hospital.

Después de la noche anterior, a Amber le ponía nerviosa tener que pasar otra noche con Tuck en la fiesta de Robson Equipments. Intentar encontrar a Dixon era una cosa, pero también tenía que ayudar a Tuck a dirigir la empresa.

La fiesta era de etiqueta y no tenía nada que ponerse, ya que solo había metido en la maleta ropa informal. Así que bajó a las tiendas del vestíbulo del hotel con la esperanza de hallar algo adecuado.

Se detuvo ante un escaparate a admirar un precioso vestido azul cobalto. Era perfecto, pero no podía permitírselo. Entró en la boutique a curiosear y vio un par de vestidos que podrían valer y no la arruinarían. La dependienta le indicó dónde estaban los probadores.

Se probó el primero: un vestido azul marino, de mangas tres cuartos y cuello en forma de V. Salió del probador para mirarse en el espejo de cuerpo entero.

—Un poco aburrido —dijo una voz masculina a sus espaldas. Era Tuck, con una bolsa sobre el brazo, donde era evidente que llevaba el traje que se acababa de comprar para la noche.

—No está mal. Tampoco tengo muchas opciones.

—Me gustan los zapatos.

Por suerte, Amber se había llevado unos zapatos plateados de tacón. No combinaban perfectamente con el vestido, pero podían valer.

—Pero necesitas otro vestido. ¿Y ese? —preguntó él señalando el del escaparate.

—Lo tenemos de su talla —se apresuró a decir la dependienta.

—Es demasiado caro.

—Se lo va a probar —dijo Tuck a la dependienta.

—No.

—No voy a pedirte que lo pagues, Amber.

—El que no va a pagarlo eres tú.

Era su jefe, no su novio. A pesar de que se habían besado, no había entre ellos una relación que le permitiera comprarle un vestido ni ninguna otra cosa.

–Yo no voy a pagarlo. Lo va a hacer Tucker Transportation. Estas aquí trabajando y te obligo a ir a una fiesta de trabajo. Tu guardarropa es responsabilidad de la empresa.

–¿Te ha comprado la empresa ese traje?

–Sí.

–Mientes.

–Tengo la tarjeta de crédito de la empresa. Y no vas a ir con eso –apuntó señalando el vestido–. Te guste o no, parte de tu función esta noche consiste en ser una valla publicitaria para que Tucker Transportation tenga éxito.

–¿Una valla publicitaria? –Amber no daba crédito a sus oídos.

–No te pongas así. Forma parte del juego.

–¿Quieres decir que soy un entretenimiento visual para tus colegas? ¿Quieres también que salga de una tarta?

La dependienta volvió con el vestido.

–Eso es aplicable a mí también –dijo Tuck–. Gracias –sonrió a la mujer y tomó el vestido–. No puedo presentarme con un traje barato.

–Dime que no es la primera vez que Tucker Transportation le compra a alguien un vestido.

–No es la primera vez. Se nos está haciendo tarde. ¿Quieres hacerte algo en el cabello?

–¿Qué le pasa?

–Tenemos un salón de peluquería en el hotel –apuntó la dependienta.

–¿Puede pedirle hora?

–Ahora mismo.

–Esto es ridículo –masculló Amber. Pero le quitó el vestido a Tuck.

Sería lo más lujoso que se habría puesto en su vida. Pero si Tuck estaba dispuesto a malgastar todo ese dinero para una sola noche, ¿quién era ella para oponerse?

En el lujoso salón de baile, Tuck tenía que esforzarse para no mirar a Amber. Estaba espectacular. Le habían recogido el cabello en un moño, lo que dejaba su grácil cuello al descubierto y resaltaba sus maravillosos pómulos. Iba levemente maquillada, pero más de lo que era habitual en ella.

En aquel momento, Tuck intentaba concentrarse en lo que le decía Norm Oliphant, pero su atención se hallaba dividida entre contemplar a Amber y fulminar con la mirada a las decenas de hombres que la admiraban.

La cena había terminado y una pequeña orquesta entraba en el salón.

–Espero que tengas buenas noticias de tu padre –dijo Norm Oliphant.

Tuck se dijo que debía dejar de pensar en Amber.

–Sí, son esperanzadoras.

–¿Lo has visto recientemente? –preguntó Regina, la esposa de Norm.

La verdad era que no lo había visto desde que

111

lo habían trasladado a Boston. Pero, ¿cómo iba a responder eso?

Inesperadamente, Amber apareció a su lado e intervino en la conversación.

—Tuck se ha convertido en una pieza tan fundamental del trabajo diario que Jamison ha insistido en que se centre en la empresa. Está acompañado de su esposa, que lo apoya incondicionalmente en la recuperación. Pero está tranquilo al saber que Tuck se halla al timón.

Tuck estuvo a punto de vitorearla por hacer tan verosímil aquel conjunto de mentiras.

—¿Y Dixon? —preguntó Norm.

—Seguro que sabéis lo que ha pasado con su esposa —apuntó Amber bajando la voz.

—Sí —dijo Regina.

—Tuck le dijo que se tomara un tiempo de descanso. Nos ha dejado un número de contacto, pero no queremos molestarlo. Ya sabéis cómo se ponen los hermanos cuando uno traiciona al otro. Valoran la lealtad por encima de todo.

—La lealtad —repitió Norm.

—En el trabajo y en la vida —remachó Amber.

Había pronunciado esa frase con un énfasis perfecto. Tuck la miró a los ojos para confirmar lo que pensaba que había hecho con gran habilidad: recordar a Norm su larga relación comercial con Tucker Transportation.

Amber dedicó una sonrisa radiante a Norm, que alzó la copa para brindar con Tuck.

—Es estupendo que hayáis venido esta noche.

–Es estupendo que nos hayáis invitado –respondió Tuck.

–Hablamos la semana que viene –dijo Norm–. He oído que Zachary os ha dejado.

–Así es. He ascendido a Lucas a vicepresidente. Es un buen hombre y lleva con nosotros una década.

–¿Ha ido ascendiendo desde abajo?

Desde luego –afirmó Tuck, que no tenía ni idea de cuál había sido la carrera de Lucas.

–Nos gusta promocionar el talento.

Tuck estaba diciendo lo primero que se le ocurría, pero sus afirmaciones eran tan vagas que servirían para cualquier empresa.

–Dile a Lucas que nos llame.

–Será lo primero que haga el lunes.

–¿Bailamos, cariño? –preguntó Norm a su esposa.

Tuck y Amber los observaron mientras se alejaban.

–Lo has hecho bien –dijo Amber–. Se te ha visto muy seguro.

–Eres tú la que se merece un premio de interpretación. A propósito, ¿Dixon ha dejado un número de contacto?

–Sí –respondió ella con una sonrisa astuta–. No ha servido para nada, pero lo dejó.

Tuck sonrió, pero vio que otro hombre se estaba comiendo con los ojos a Amber y lo fulminó con la mirada. ¿No se daban cuenta de que estaba con él?

–Vamos a bailar. A Norm y a Regina les gustará que los acompañemos.

Llegaron a la pista y la tomó en sus brazos. Ella le siguió el rimo con facilidad. En cuestión de segundos, fue como si llevaran años bailando juntos. Él la atrajo hacia sí.

–Gracias por lo de antes.

–Me he limitado a hacer mi trabajo.

–Lo has hecho estupendamente.

–Supongo que es lo que tiene que te paguen el doble por las horas extras.

–En el fondo, eres una mercenaria –afirmó él sonriendo.

–El dinero facilita la vida.

–En efecto, pero también puede ser una carga.

–Y eso lo dice alguien que se acaba de gastar un mes de hipoteca en un vestido –afirmó ella en tono burlón.

–Para conseguir que cientos de personas puedan pagar el próximo plazo de la hipoteca.

–¿Tienes idea de lo que es eso?

–¿Pagar una hipoteca? No, nuestra casa pertenece a la familia desde hace un par de generaciones.

–Lo que es preocuparse de tener lo suficiente para pagar la hipoteca, la comida, la ropa y las facturas médicas.

–Sabes que no lo sé.

Siguieron bailando en silencio. Él se dio cuenta de que estaba molesta, y no le extrañaba, la vida de Tuck debía de parecerle un paseo por el parque.

De repente cayó en la cuenta de a lo que ella se refería.

—¿Ganas lo suficiente?

Ella lo miró con sorpresa.

—¿Qué?

¿Necesitas un aumento de sueldo?

—¿A qué viene eso?

—Me ha parecido que tenías problemas económicos.

—Me pagáis bien.

Si no era en aquellos momentos, entonces, ¿cuándo le había preocupado llegar a fin de mes?

—¿Los tuviste en tu infancia?

—No se trata de mí.

—¿Los tuviste en tu infancia? —repitió él.

—Sí, éramos pobres. Mi madre estaba sola y bebía mucho.

—Siento que tuvieras que pasar por eso.

—Fue hace mucho tiempo. Y lo cierto es que le afectó más a Jade que a mí.

—¿En qué sentido?

—Dejó la escuela y la ciudad. Ha estado saltando de un trabajo a otro. Y, en cuestión de hombres, siempre ha elegido mal.

—¿Y tú? ¿También has elegido a los hombres equivocados?

Ella rio.

—No me he dedicado a eso. Tuve un novio en el instituto, pero, después, me puse a trabajar al tiempo que acudía a clases nocturnas en la universidad, no tenía mucho tiempo para hacer vida social.

–¿No sales?

–De vez en cuando –respondió ella al tiempo que miraba a su alrededor–. Esta es la fiesta más lujosa a la que he acudido en mi vida. Te agradezco la experiencia.

–De nada. Entonces, lo que me estás diciendo es… A ver cómo te lo digo.

–Ni se te ocurra preguntarme por mi vida sexual.

Como si hubiera algo que pudiera detenerlo.

–Háblame de tu vida sexual.

–Cállate.

Él rio.

–Yo te contaré la mía.

–Ya la he leído.

–Pero no los detalles –él la fue llevando a una zona más tranquila de la pista.

–A nadie le importan los detalles.

–No es cierto. Los periodistas me preguntan por ellos constantemente.

–¿Y les contestas?

–No. Si lo hiciera, se llevarían una desilusión.

–¿Me estás diciendo que eres un mal amante?

–No, sino que no tengo tanta práctica como la gente piensa –Tuck vaciló–. Aunque tú no tienes nada con que comparar. Así que estoy disponible, si necesitas desesperadamente…

Ella le dio un puñetazo en el hombro.

–¡Ay! –se quejó él.

–Te lo tienes bien merecido. Tuve novio.

–Pero en el instituto.

–Y después me han hecho proposiciones.

–Solo esta noche, una docena.

Ella lo miró desconcertada.

–No te has dado cuenta, ¿verdad?

–¿De qué?

–De que todos los hombres te están comiendo con los ojos.

–Será por el vestido o por el peinado –apuntó ella, sorprendida.

–Es por todo eso, pero no solo por ello.

Sin poder contenerse, la apretó contra sí.

–Tuck…

–No voy a fingir que no me siento atraído por ti.

–La palabra «atraído» se quedaba muy corta. Estaba loco por ella, se consumía por ella.

–Jackson está aquí.

Él tardó unos segundos en comprender. Creía que la conversación iría por otros derroteros.

Ella le indicó la dirección con un gesto de la cabeza y Tuck lo divisó entre la multitud. Destacaba por los vaqueros, la camiseta blanca y la chaqueta de cuero. Era evidente que tenía noticias.

Fueron a su encuentro y los tres salieron al vestíbulo.

–Dixon compró un coche hace cinco semanas. Un Audi descapotable de segunda mano. Pagó en efectivo.

–¿Sigue en Scottsdale? –preguntó Tuck.

–No. Hemos seguido la pista del coche hasta un puerto deportivo de San Diego, donde compró un velero, que también pagó en efectivo.

La situación se volvía cada vez más rara.

–Creí que teníais controladas sus cuentas bancarias.

–Y las tenemos. ¿Tu hermano suele llevar tanto dinero consigo?

Tuck no lo sabía, pero era mucho dinero. ¿Cuánto hacía que Dixon había planeado su aventura?

–¿Has localizado el velero?

–Salió del puerto hace semanas y aún no ha regresado.

Los tres se miraron en silencio.

–Dudo que se haya hundido, ya que habría habido una llamada de socorro y las autoridades nos hubieran informado. ¿Iba equipado para una sola persona?

–Sí.

–Hay algo que no cuadra –apuntó Amber–. Cuando Dixon se marchó a Scottsdale, aunque era un viaje secreto, se preocupó de dejar una carta para tu padre y a mí me dejó un número de contacto. No puede ser que se haya ido a navegar por el Pacífico sin decírselo a nadie.

–Pues parece que es lo que ha hecho.

La preocupación de Tuck por su hermano se estaba convirtiendo en enfado.

Amber negó con la cabeza.

–No creo. No es un irresponsable. Está intentando aclararse para poder hacer un buen trabajo en Tucker Transportation. No pretende hacer daño a al empresa.

–Pues es exactamente lo que está haciendo –afirmó Tuck, que deseaba que Amber dejara de defender a su hermano.

–Ya lo tengo –dijo ella chasqueando los dedos–. Jamison. Dixon se ha debido de poner en contacto con él. No sabe nada del infarto, por lo que cree que tu padre sigue dirigiendo la empresa. Hemos examinado los correos electrónicos de Dixon y los de trabajo de Jamison, pero no sus correos personales.

Jackson masculló una maldición y rápidamente se puso a dar instrucciones por teléfono a sus hombres.

Tuck reconoció que era probable. Podía ser que Dixon llevara semanas creyendo que ellos conocían sus planes. Pensaba que Jamison seguía al frente de la empresa y no sabía que Tuck la estaba hundiendo.

Dixon seguía desaparecido y Tuck tenía que seguir buscándolo, pero, al menos, aquel asunto comenzaba a cobrar cierto sentido.

Esa noche, ya tarde, los tres estaban de vuelta en la suite de Tuck cuando uno de los investigadores de Jackson le mandó la copia de un correo electrónico. El original lo había mandado Dixon a la dirección electrónica personal de Jamison. Amber se sintió aliviada y contenta al saber que el comportamiento de Dixon tenía una explicación lógica.

–Lo envió desde un cibercafé el día que se marchó de San Diego –dijo Jackson, sentado a la mesa del salón–. Dice que va a pasarse unas semanas navegando por la costa del Pacífico. Se disculpa y le pide a tu padre que confíe en ti, que sabe que podrás hacerlo.

–No en las actuales circunstancias –apuntó Tuck, sentado en un sillón frente a la chimenea.

Amber había elegido el sofá. Se había quitado los zapatos. El día había sido largo y estaba deseando acostarse.

–¿Puedes contestarle? –preguntó Tuck a Jackson.

–Sí, pero tendrá que parar en algún sitio y conectarse a Internet para leerlo.

–Puede que no lo haga –dijo Amber. Su intención era alejarse de todo.

–Ya es hora de que vuelva –afirmó Tuck.

–¿Antes de que esté listo? –preguntó Amber.

–¿Cuánto tiempo necesita? –preguntó Tuck a su vez, alzando la voz.

–Dímelo tú –respondió ella, irritada–. Tú eres el experto. Llevas años teniendo todo el tiempo del mundo para ti.

Tuck frunció el ceño.

–No por elección propia.

–¿Alguien te puso una pistola en la cabeza?

Jackson se levantó, cerró el portátil y masculló algo sobre un trabajo pendiente mientras se dirigía a la puerta.

Tuck no reaccionó ante su partida, sino que siguió mirando a Amber.

–Hicieron todo lo posible para mantenerme a distancia.

A ella le resultaba difícil creerlo.

–Piensas que miento –afirmó él.

–Tenías un despacho y las llaves del edificio. Dixon te invitaba a las reuniones.

–Reuniones en las que mi padre se complacía en tenderme trampas para dejarme en evidencia.

–¿Como por ejemplo?

–Acorralándome con preguntas complejas para demostrar que no sabía nada.

–¿Y sabías algo?

Él la fulminó con la mirada y ella se arrepintió de haberle hecho esa pregunta.

–Me refiero a que podías haberte puesto al día y sorprenderlo.

–Me parecía demasiado trabajo para impresionar a alguien que solo deseaba que me fuera.

–¿Por qué iba a querer eso?

¿Qué padre no estaría orgulloso de tener un hijo como Tuck?

–Porque prefería a Dixon. Todos los padres no son perfectos, Amber. No quieren a sus hijos obligatoriamente.

–Tu padre te quiere.

En realidad, ella no sabía lo que Jamison sentía por Tuck, y no se hacía ilusiones románticas sobre el amor de los padres. Se arrepintió de lo que había dicho.

–Lo siento. No sé si te quiere o no.

–No pasa nada.

–Ni siquiera sé si mi madre me quiere –apuntó ella riendo–. No estoy segura de que mi madre quisiera a alguien. Decía que nos quería, incluso creo que deseaba hacerlo. Pero era tan egoísta que no veía más allá de sus deseos y necesidades.

–¿Y tu padre?

–Se marchó antes de que pudiera tener recuerdos de él.

–¿Os ayudaba económicamente?

–Me extrañaría que hubiera pasado un solo día fuera de la cárcel. Mi madre tenía un increíble mal gusto para los hombres.

–¿Dónde está?

–Murió cuando Jade y yo éramos adolescentes.

Los ojos de Tuck reflejaban compasión.

–¿Por qué estamos hablando de mí? –preguntó ella.

–¿Tuviste que criar a tu hermana?

–Ella tenía dieciséis años al morir mi madre; yo, dieciocho. Ya estábamos criadas.

–¿Fue entonces cuando dejó la escuela?

–Al cabo de unos meses. No supe nada de ella durante un tiempo.

Tuck se levantó y agarró dos botellas de agua. Tendió una a Amber, que ella aceptó, y se sentó en el otro extremo del sofá.

–¿Y tú qué hiciste?

–Acabé el instituto y me puse a trabajar para Dixon, que me dio una oportunidad –Amber abrió la botella.

–Resulta sorprendente.

–Trabajé duro. Le prometí que lo haría y lo hice.

–Te creo –Tuck estiró el brazo sobre el respaldo del sofá–. No me extraña que no tengas paciencia conmigo.

–Yo no diría…

–Es demasiado tarde para protestar. Desde tu punto de vista, yo lo he tenido todo, todas las ventajas y privilegios. Me pagaron los estudios y, cuando los acabé, entré directamente en la empresa de mi padre con un puesto importante.

–No me quejo de mi empleo –estaba agradecida por tenerlo–. Solo me quejé cuando me despediste.

–Pero has vuelto –Tuck pareció reflexionar durante unos segundos–. Crees que he desperdiciado lo que tenía.

–Eso lo dices tú.

–Pues dime qué opinas.

–Creo que siempre has tenido muchas posibilidades, en su mayoría agradables. No es difícil entender por qué has elegido el camino más fácil. ¿Quién no lo haría?

–Parece que tú no.

–Porque no tuve alternativa: o trabajaba mucho para salir adelante o me daba por vencida y me dejaba ir para acabar como mi madre.

Amber dio un trago de agua para refrescarse la garganta.

–Algunos dirían que la segunda opción sería el camino fácil.

–Hasta cierto punto. Pero acaba siendo mucho más duro.

La idea de vivir como su madre, bebiendo, fumando, con la casa sucia, la ropa de segunda mano y el desfile de hombres indeseables, la ponía enferma. Dio otro trago de agua.

–¿Qué harías si estuvieses en mi lugar y hubieras tenido lo que tengo?

–No es mi intención darte a entender que soy moralmente superior a ti.

–¿Qué harías?

–¿Entonces o ahora?

–Entonces. No, volver la vista atrás es muy fácil. ¿Qué harías ahora?

–Me iría a casa. Dejaría en paz a Dixon y me pondría a trabajar para demostrarle a mi padre que estaba completamente equivocado.

–¿Porque ese es el camino más difícil?

–Porque es el más satisfactorio.

Tuck la miró a los ojos durante.

–¿Me ayudarás?

–Sí –respondió ella con sinceridad.

–¿Te caeré bien? –preguntó él, y apartó la vista.

Ella se dio cuenta de que la pregunta demostraba su vulnerabilidad. Y volvió a ser sincera.

–Ya me caes bien.

–No hay otra como tú, Amber –observó él, más relajado.

Amber pensó que estaba totalmente equivocado.

–Soy del montón. Lo que pasa es que, en tu

mundo, no os cruzáis muy a menudo con personas normales.

—Ponte de pie.

Su petición la pilló por sorpresa, pero se levantó.

—Ponte los zapatos.

Ella lo hizo y él la agarró por los hombros y la dirigió hacia el dormitorio.

—Mira —dijo él poniéndola frente a un espejo de cuerpo entero.

No había nada que ver. El vestido seguía siendo precioso, pero comenzaba a estar despeinada. Tenía las mejillas sonrosadas debido al vino que había bebido, o tal vez por la discusión con Tuck, y sus ojos reflejaban cansancio. Necesitaba dormir.

Él le rozó el hombro con los dedos.

—¿Ves algo en ti que sea normal?

Al oír esas palabras, ella sintió un escalofrío.

—Eres increíble, Amber. Eres preciosa y muy inteligente, perspicaz y divertida —le apartó un mechón de cabello del cuello—. Y no consigo dejar de pensar en ti.

Se inclinó lentamente hasta poner los labios, suaves y cálidos, en su nuca. La volvió a besar con los labios más abiertos y siguió haciéndolo a lo largo del hombro mientras deslizaba las manos por sus brazos desnudos.

Ella observaba en el espejo la cabeza de él al tiempo que revivían en su interior el deseo y la excitación. Él la agarró por la cintura y ella se echó hacia atrás para apoyarse en su cuerpo, sólido, fuerte y musculoso. Sus miradas se encontraron en el espejo y ella le devolvió la misma pasión que vio en los ojos masculinos.

Tuck le bajó la cremallera del vestido mientras la observaba atentamente. Ella se estremeció. Él la besó en el hombro y le soltó el cabello. Ella contuvo el aliento y cerró los puños. Ya no había vuelta atrás. Se encogió de hombros y el vestido cayó a la alfombra.

Los ojos de él se oscurecieron y se detuvieron en el sujetador de satén rosa y las braguitas a juego para descender por sus piernas hasta los zapatos. Le agarró un seno y la volvió a besar en la nuca. Ella pensó que debía cerrar los ojos, pero siguió mirando mientras le desabrochaba el sujetador y se lo quitaba, liberándole los senos. Después, le recorrió las caderas y el ombligo con la punta de los dedos y ascendió hasta los senos y los pezones.

Se los acarició mientras ella se sentía cada vez más sofocada. Cuando él le metió la mano en las braguitas, se sintió abrumada de deseo. Se giró en sus brazos, fue al encuentro de sus labios y lo abrazó mientras él, con la mano, la hacía alcanzar la cumbre de la pasión.

—Eres increíble —susurró él entre besos, al tiempo que le quitaba las braguitas.

Ella le quitó la chaqueta y le desanudó la corbata. Él se quitó la camisa y, por fin, sus pieles se tocaron. La abrazó con fuerza mientras exploraba cada detalle de su boca. Después, la tomó en brazos, la llevó a la cama y la tumbó sobre las sábanas. Ella lo observó mientras acababa de desnudarse.

Cuando lo hubo hecho, él la miró. Contempló su cabello despeinado, los senos, la sombra entre los muslos y sus piernas. Sonrió.

Ella se dio cuenta de que no se había quitado los zapatos, y sonrió a su vez.

–Es una de las cosas de ti que más me gustan –afirmó él tumbándose a su lado.

Reanudó la exploración de su cuerpo y ella lo imitó, deleitándose en los músculos de los hombros y brazos, en el estómago liso como una tabla y en las fuertes caderas y muslos. Lo besó mientras él descubría sus zonas erógenas más sensibles: la parte de atrás de la rodilla, la cara interna de los muslos y la punta de los pezones.

Después se colocó sobre ella, agarró un preservativo, se lo puso y la miró a los ojos. Ella flexionó las caderas hacia arriba y lo sintió deslizarse en su interior. Echó la cabeza hacia atrás y cerró los ojos. Y el mundo se redujo a las sensaciones que le provocaba Tuck. Su olor y su calor la envolvieron. Sus dedos eran mágicos, y sus labios, deliciosos.

Él comenzó a moverse lenta pero firmemente. Al principio, ella sintió que se deshacía. Él aumentó el ritmo y ella no pudo contener los gemidos mientras la invadían oleadas sucesivas de pasión.

No podía moverse ni respirar. Su mente había entrado en caída libre.

Entonces, el mundo estalló y ella gritó su nombre al tiempo que lo abrazaba con fuerza, como si quisiera no volver a soltarlo.

Capítulo Nueve

Tuck suponía que hacer el amor con él no debía de haber sido una decisión fácil para Amber. Para él, en cambio, había sido el camino más fácil y el más placentero.

Se dejó caer de lado para liberarla de su peso y la atrajo hacia sí.

—Lo siento —susurró.

—¿Qué es lo que sientes? —susurró ella—. ¿No ha sido tu mejor actuación?

—Sé que no estabas segura de querer hacer el amor.

—¿No parecía segura? ¿Debiera haberte hecho esperar?

—Eso me hubiera aniquilado. Te he deseado con desesperación desde el primer día.

—Yo llevo resistiéndome desde hace un tiempo —afirmó ella poniéndole la mano en el pecho. Después se sentó en la cama.

—¿Qué haces?

—Ya nos hemos sacado la espina que teníamos clavada. Creo que era inevitable —dijo Amber mientras se levantaba y cruzaba la habitación—. Aunque no sea nada más que química, ha sido muy intensa.

¿Nada más que química? Sí, eso era lo que había dicho él, pero no recordaba por qué.

Ella se puso las braguitas y se volvió hacia él para vestirse. No era tímida, como Tuck había creído.

–No tienes que marcharte –dijo él sentándose en el borde de la cama.

–Tenemos que dormir. Supongo que mañana saldremos temprano.

–No hay prisa.

Volaban en el jet de Tuck, por lo que podían salir a la hora y el día que quisieran.

–Tenemos un montón de trabajo. Te he dicho que te ayudaría y lo voy a hacer. Pero tienes que hacer tu parte, Tuck. Es posible que Dixon vuelva pronto, por lo que igual no tienes mucho tiempo para demostrar los que vales.

–Queremos que Dixon vuelva.

–Desde luego, pero no inmediatamente, si tu intención es demostrar a tu padre que tienes lo que hay que tener para dirigir la empresa.

–Es que no lo tengo –dijo él al tiempo que se levantaba.

–Puede que todavía no –apuntó ella poniéndose el vestido.

–No sé lo que crees que puedo hacer.

–Para empezar, contratar a nuevos ejecutivos. Lucas necesita ayuda –ella se volvió para que le subiera la cremallera.

Él no quería subírsela, sino volver a desnudarla y hacerle el amor hasta que ninguno de los dos pudiera moverse. Y, después, dormir hasta el mediodía.

–No puedo contratar a gente nueva.

–Súbeme la cremallera. ¿Por qué no?

–Es una decisión permanente, y yo ocupo el cargo de forma provisional.

–Eres de la familia y estás al mando. Toma una decisión. ¿Le pasa algo a la cremallera?

–No hace falta que te vayas.

–Estoy agotada –afirmó al tiempo que se subía la cremallera sin poder llegar hasta arriba del todo.

–Duerme conmigo.

Ella se quedó inmóvil con una expresión de dolor en el rostro que desapareció inmediatamente.

–No.

–¿Por qué no?

–Esto no ha sido buena idea. Bueno, ha sido buena idea porque tenía que pasar. Pero, en el fondo, ha sido una idea pésima. Debemos olvidarlo y seguir adelante.

–¿Seguir hacia dónde?

–Él no quería olvidar lo que acababa de suceder entre ellos. Había sido el mejor sexo de su vida.

–¿Es que no me escuchas cuando te hablo? Vas a dirigir Tucker Transportation. Ni que decir tiene que nada bueno va a salir de una aventura entre nosotros. Pondría en peligro tu credibilidad y arruinaría mi carrera. Ya me has despedido una vez, y no estoy dispuesta a daros a ti, a Dixon ni a tu padre un motivo para que me volváis a despedir.

–Nadie va a hacerlo.

–Es lo único seguro que sucede cuando una secretaria se lía con su jefe.

–Eso no lo sabes.

Ella respiró hondo.

–¿Quieres intentar dirigir la empresa? ¿O prefieres pasarte el resto de la vida siendo un playboy y un vicepresidente solo de nombre?

–Estoy dispuesto a intentarlo.

Al menos podría estar con ella. Y tal vez llegara a impresionarla. Y, con suerte, la química volvería a asomar la cabeza y la tendría de nuevo en sus brazos.

En el pasillo, frente a la puerta de la suite de Tuck, Amber se apoyó en la pared. Había tenido que recurrir a toda su fuerza de voluntad para fingir que hacer el amor con él no la había emocionado. Aunque no hubiera podido contenerse, sabía que había cometido un tremendo error al acostarse con su jefe. Pero había sido fantástico. Al menos para ella. Él tal vez tuviera esa clase de sexo todos los sábados. O tal vez le hubiera decepcionado.

En cualquier caso, debía dejar de pensar en ello. Si a él no le había gustado, ¿qué se le iba a hacer? Tuck lo superaría y buscaría a otra persona.

Su habitación estaba en el piso de arriba y se dirigió hacia ella.

–¿Amber? –la voz de Jackson le llegó desde

atrás. Se detuvo con el estómago contraído de vergüenza. Se obligó a volverse.

–Hola, Jackson

–Menos mal que te he visto –su expresión no era condenatoria. No la estaba juzgando. Tal vez no se imaginara lo que acababa de ocurrir.

–¿Te habló Dixon en alguna ocasión de una mujer que no fuera Kassandra?

–Dixon no iba por ahí acostándose con cualquiera. Es una persona honrada.

–Sé que le eres leal.

–No lo digo porque le sea leal. Jackson, Dixon no engañaba a Kassandra.

–¿Y después de haberse separado?

–Nunca me dijo nada al respecto.

Jackson le enseño el móvil, donde aparecía la foto de una bonita rubia.

–¿La conoces?

–No. ¿Quién es?

–¿Hay alguna posibilidad de que se fuera de Chicago para estar con otra mujer?

–No se hubiera marchado de Chicago para hacerlo. Sus amigos se habrían puesto contentísimos. No le hubiera hecho falta esconderse.

–Puede que esa mujer guarde relación con el barco. Estamos siguiéndole la pista por la costa.

–Ahora tal vez no haya tanta prisa.

A Amber le animaba la idea de que Tuck demostrara a su padre su valía. Era evidente que llevaba toda la vida dudando de sí mismo y que se sentiría muy bien si tenía éxito.

132

–¿Por qué lo dices? –preguntó Jackson.

–Tuck va a dirigir la empresa. Es la primera ocasión que tiene de hacerlo y puede que, al final, todo sea para bien.

Jackson no contestó, pero le dirigió una mirada escéptica.

–¿Crees que no es buena idea?

–Lo que creo es que no es idea de Tuck.

–Es suya, más o menos. Siempre ha creído que no estaba a la altura.

–Ha estado muy ocupado divirtiéndose para creer eso.

–Te equivocas.

–¿Cuánto hace que lo conoces?

–Unas semanas.

–No es como piensas que es –apuntó Jackson sonriéndole con indulgencia.

–No me trates con condescendencia.

–Te lo voy a decir de otra forma: no es como quieres que sea –Jackson se fijó en su cabello despeinado y el maquillaje corrido.

En ese momento, se sintió descubierta, lo cual le resultó humillante. Jackson creía que iba a por Tuck, que quería domesticarlo, que era una cazafortunas y que quería convertirse en su la señora Tucker.

–Buenas noches, Jackson.

–Me caes bien, Amber. Eres demasiado buena para él. Y quieres que él sea mejor. Solo hay un motivo por el que una mujer desea eso.

–Puede haber cientos de motivos.

–Tal vez no te hayas dado cuenta, pero te estás enamorando de él. No lo hagas, Amber. Lo único que conseguirás será sufrir. Es un consejo de alguien que conoce a Tuck.

–Pues… –Amber no supo qué responderle–. Gracias.

Dio media vuelta y recordó que llevaba la cremallera del vestido medio subida. Tragó saliva, alzó la barbilla y sacó pecho, aunque era evidente que Jackson ya lo había adivinado. Y aunque el detective hubiera llegado a conclusiones erróneas, ella sabía que se había limitado a acostarse con Tuck.

Al levantar la vista y ver a Amber, Jade cerró el libro y empujó la bandeja a un lado de la cama.

–¿Cómo ha ido todo? He buscado el balneario en Internet. Muy bonito.

–Hemos estado muy ocupados.

–¿No te has pasado horas en el spa?

–Me temo que no.

–Qué pena. Estoy tan hinchada, cansada y dolorida que daría lo que fuera por un masaje allí.

–Hemos tenido un tiempo estupendo. El hotel, la comida y las habitaciones, maravillosos. Las camas, muy cómodas.

–¿Ha sido eso un lapsus? ¿Camas? ¿En plural? Un momento –dijo Jade–. Dime que no lo has hecho.

–No he hecho nada –al menos nada que fuera asunto de Jade, ni de nadie.

–¿Te has acostado con él?

Amber no quería mentirle, así que no contestó.

–Ay, Amber. Con lo inteligente que eres…

–No ha sido una estupidez.

–No quiero que sufras.

–No sufro. Simplemente ha ocurrido. Y ha sido solo una vez.

–Es tu jefe.

–Solo durante un tiempo. Dixon va a volver y todo acabará –aunque Tuck quisiera impresionar a su padre, Amber suponía que volvería a su vida anterior, que no renunciaría a fiestas y vacaciones.

A pesar de que la noche anterior se había sentido optimista, sabía que Jackson tenía razón. A Tuck le gustaba la vida que llevaba y a ella le había dicho lo que quería oír.

–No sé en qué estaba pensando, pero estuvo bien. Él estuvo muy bien.

Por primera vez desde que había ocurrido, volvió a pensar en ello. Había sido estupendo y quería repetir.

–Al menos, eso has salido ganando.

–Lo dices como si fuera algo bueno.

–¿Y no lo es?

–No, preferiría haber quedado decepcionada.

–Para no desear volver a hacerlo –apuntó Jade muy sabiamente.

–¿Qué me pasa? No soy mejor que Margaret, la secretaria del padre de Tuck. Este tiene una aventura con ella. Y está casado.

–Tuck no lo está.

135

–Pero sigue siendo mi jefe.

–Es cierto, lo cual hace que vuestra relación sea arriesgada, pero no inmoral.

–Fue un error. Pero ya lo he superado. Soy fuerte –Amber respiró hondo–. ¿Y tú? ¿Va todo bien?

–La niña patalea menos –respondió Jade llevándose la mano al vientre–. El médico dice que es normal. La espalda me está matando –afirmó mientras se tumbaba–. Y tengo ardor de estómago y una necesidad continua de orinar. Estoy deseando que esto se acabe.

–Ya falta menos. Creo que debería ir de compras. ¿Has pensando qué necesitas?

–No tienes que comprarme nada.

–Vas a necesitar pañales y una cuna.

–Conozco una tienda de segunda mano. Podemos ir cuando vuelva a casa.

–Muy bien –dijo Amber, aunque sabía que lo mínimo que podía hacer por su sobrina era comprarle una cuna nueva. Pero no deseaba que su hermana se sintiera mal por su situación económica, así que ya haría ella una lista de lo que necesitarían–. Tengo que ir a la oficina.

–En cierto modo, me tranquiliza saber que no eres perfecta –afirmó Jade.

–¿Quién dice que lo sea?

–Mamá, yo, tú.

–¿Yo?

–Eras perfecta en los estudios. Sacabas muy buenas notas. Te sabías los grupos de alimentos y hablabas de ellos en cada comida.

–Porque no siempre estaban representados todos en lo que comíamos.

–Pero tú sabías cuáles eran. Recuerdo una vez que mamá nos dio cinco dólares a cada una para comprar caramelos. Estaba borracha, claro, y nos dijo lo mucho que nos quería.

Amber no quería recordar a su madre, desaliñada y llorosa, proclamando su amor por ellas para después acabar invariablemente con una sarta de reproches porque ellas no la correspondían. A continuación, vomitaba y se quedaba dormida en el cuarto de baño. Y, casi siempre, lo dejaba en tal estado que Amber tenía que limpiarlo.

–Me los gasté en chocolate, pero tú compraste vitaminas masticables. Me dejaste perpleja.

–No lo recuerdo.

–Eras perfecta. No querías que muriéramos de escorbuto.

Pero habían rozado la desnutrición.

–Aunque me cueste reconocerlo, me alegro de que te hayas acostado con tu jefe. Si no eres completamente buena, tal vez yo no sea completamente mala.

–No eres mala, Jade. Y, de todos modos, estás mejorando.

–Lo intento –Jade hizo una mueca al cambiar de postura en la cama–. Ahora me doy cuenta de que tratabas de controlar el caos solo con tus manos.

–Tal vez no hubiera debido hacerlo.

Tal vez, si no lo hubiera hecho, Jade no se hubiera marchado. Tal vez, si no hubiera sido tan perfecta, hubieran podido solucionar juntas las cosas.

De pronto se le ocurrió que debía hacer lo mismo en aquel momento: no intentar controlar la situación. No era asunto suyo lo que Tuck hiciera o dejara de hacer en Tucker Transportation.

–No creo que seas capaz de dejar de controlar –observó Jade con expresión divertida.

–Hace un mes, tampoco pensé que fueras a presentarte a los exámenes.

–No cambies, Amber. Te necesito como eres.

–No cambiaré –le aseguró ella con los ojos empañados de lágrimas.

Al menos, no cambiaría tanto como para que Jade se diera cuenta. Sin embargo, iba a dejar de dar la lata a Tuck. No sabía cómo la había soportado tanto tiempo.

Jamison tenía los ojos cerrados y la arrugada piel macilenta, que contrastaba con la blancura de las sábanas de la cama hospitalaria. Diversos aparatos emitían sonidos al lado de esta. Tuck los sorteó con cuidado. Jamison tenía un tubo en la nariz que le proporcionaba oxígeno y recibía suero por vía intravenosa.

–¿Papá? –dijo Tuck en voz baja–. ¿Papá?

Jamison abrió los ojos.

–Hola, papá –Tuck pensó que debía apretarle la mano o acariciarle la frente, pero entre ellos no había esa relación. No había ternura, sino recelo y cautela, mezclados con una seca cordialidad.

–¿Dixon? –preguntó Jamison con voz ronca. El esfuerzo lo hizo toser.

–Soy Tuck.

–¿Dónde está Dixon?

–Está fuera.

–¿Dónde?

–Navegando en la costa de California. Me estoy ocupando de todo en su ausencia.

–¿Y tu madre?

–Está con la tía Julie –respondió Tuck mientras agarraba una silla y se sentaba.

–¿Por qué?

–Papá, sabes que estás en Boston, ¿verdad?

Jamison pareció no entender. Después, frunció el ceño y pareció molesto.

–Sí, sé que estoy en Boston.

–¿Y que has tenido un infarto?

–Debes de estar satisfecho –la voz de su padre pareció adquirir algo más de fuerza–. Te has librado de mí y has mandado a Dixon fuera. ¿Qué has estado tramando sin nosotros?

–Yo no te provoqué el infarto, papá.

–Quiero ver a tu hermano.

–Pues ponte a la cola. De momento, no podemos comunicarnos con él.

–Claro que podemos. Llámalo, escríbele o mándale una paloma mensajera. Me da igual.

–Dixon no está. No puedo buscarlo ni traerlo de vuelta. Por eso estoy aquí.

–Tonterías –gruñó Jamison–. Que esté hospitalizado no implica que me mientas.

–No te miento.

–La empresa no puede funcionar sin Dixon.

–Pues lo está haciendo desde hace casi dos meses. He venido para que me des poderes para poder contratar a nuevos ejecutivos.

–Ni loco te daría el control de la empresa.

–Solo será temporal.

–¿Qué pasa? ¿Por qué haces esto? –Jamison apretó el timbre para llamar a la enfermera.

–No estoy haciendo nada, salvo intentar salvar tu preciosa empresa.

–Señor Tucker –dijo la enfermera al entrar–, ¿le pasa algo?

–Sí, mi hijo me está mintiendo.

La enfermera miró a Tuck y este negó levemente con la cabeza.

–¿Le duele algo?

–No. ¿Puede traerme a mi otro hijo? Tengo que hablar con él.

–Voy a tomarle la tensión.

–Papá, no estás en condiciones de acudir al consejo de administración.

Jamison intentó sentarse en la cama.

–De ningún modo –dijo la enfermera sujetándolo por el hombro–. Tiene la presión un poco alta. Trate de estar tranquilo.

–Harvey Miller ha dimitido –dijo Tuck a su padre.

–¿Estamos sin director de finanzas? ¿Qué le has hecho?

140

–Nada. Se fue a otra empresa.

–¿A cuál?

–Da igual. Lo importante es que tengo que buscarle un sustituto. Para ello, debo formalizar mi puesto como presidente interino, por lo que necesito tus poderes para votar en el consejo de administración.

–No puedes ser presidente.

–Muy bien –Tuck estaba cansado de discutir–. No lo seré –dio media vuelta para irse.

–Dixon puede serlo. Tráemelo –gritó Jamison.

–Cálmese –dijo la enfermera.

–Estoy seguro de que acabará por volver. Hasta entonces, Tucker Transportation tendrá que sobrevivir sin director financiero y sin presidente, pero seguro que todo irá bien. Al fin y al cabo, cualquier cosa es preferible a que yo esté al mando, ¿no?

–Eres un insolente –le espetó Jamison.

–Es lo que siempre dices. Pero estoy aquí ofreciéndote ayuda. O lo tomas o lo dejas.

Jamison lo fulminó con la mirada mientras los aparatos seguían lanzando pitidos y la enfermera le rellenaba la jarra de agua. Tuck estuvo a punto de compadecerse de él.

–Te daré los poderes, pero de forma temporal.

–Muy bien. Pongámonos de acuerdo en la fecha final –dijo Tuck al tiempo que se sacaba del bolsillo la carta que le había redactado su abogado. Sobre la bandeja escribió la fecha, un mes después del día en que estaban.

–Necesito las gafas –dijo Jamison.

Tuck las vio en la mesilla y se las dio. Después le entregó la pluma y lo observó mientras firmaba para entregarle el control de la empresa. Y se puso muy nervioso.

No deseaba aquello, no lo había buscado. Pero, ya que lo tenía, se dio cuenta de que no quería fracasar.

Capítulo Diez

–Esto ha sido obra tuya –le dijo Tuck a Amber mientras contemplaba los restos de la fiesta en el enorme salón de la casa familiar, que mostraba los efectos de haber acogido a doscientos invitados. Los empleados recogían el bufé de medianoche.

–No tiene tan mal aspecto –respondió Amber.

–No te echo la culpa del desorden –observó él mientras se soltaba la pajarita y le indicaba que tomara asiento frente a la chimenea. Ella lo hizo, agradecida de poder quitarse los zapatos de tacón. Tuck se sentó en el sillón de enfrente–. Te culpo de haberme convencido de que lo hiciera.

–¿Dar una fiesta?

–Me refiero a dirigir la empresa. Si no me hubieras presionado para que comenzara a tomar decisiones, no habría ido a ver a mi padre.

–Y si no hubieras ido a ver a tu padre...

–No hubiera contratado a Samuel y a Gena.

–Me caen bien los dos.

–A mí también. Pero no sé lo que pensará mi padre.

–¿Porque son muy jóvenes para ostentar cargos de responsabilidad? –los dos tenían poco más de treinta años.

–Estoy seguro de que no encajarán con su imagen de lo que debe ser un ejecutivo.

–¿Porque Samuel lleva vaqueros?

–Lucas también los lleva.

–Pero operaciones y mercadotecnia son departamentos distintos.

–Es cierto –afirmó Tuck–. ¿Tienes sed? ¿Quieres agua fría?

–Sí.

Tuck hizo una seña a uno de los empleados, que se acercó inmediatamente. Tuck le pidió que les llevara agua muy fría. Amber lo miró fijamente durante unos segundos.

–¿Qué pasa? –preguntó él.

–A pesar de que sé que eres muy rico, no me imaginaba todo esto.

–Es muy ostentoso –afirmó él contemplando los altos techos, las columnas de madera y las caras acuarelas.

–Y chasqueas los dedos y aparece el agua fría.

–Creí que tenías sed.

–Y yo que nos la serviríamos nosotros mismos.

–Ah, te sientes incómoda con los empleados domésticos.

–Me supera el propio concepto de empleados domésticos.

–¿Me estás diciendo que estoy muy consentido?

–Siempre te lo he dicho.

–Acepto la crítica. Pero que sepas que me suelo servir yo mismo el agua y el whisky. Incluso llego a abrirme una botella de cerveza.

–Entonces, retiro lo dicho –apuntó ella sonriendo–. Eres un hombre autosuficiente.

El camarero volvió y dejó una bandeja de plata
con dos vasos y una jarra.

–¿Se la sirvo, señor?

–No hace falta, gracias.

El hombre se fue.

–Ahora intentas impresionarme –afirmó Amber.

–¿Y funciona? –preguntó él mientras servía el
agua–. No siempre es así –añadió.

–¿El qué?

–No siempre hay tantos camareros vestidos de
esmoquin en el salón.

–Eso espero, ya que me pondría nerviosa tener
que vivir así veinticuatro horas al día, los siete días
de la semana.

–¿Te cuento un secreto? –preguntó él después
de dar un trago de agua.

–Claro, cuéntamelo –ella, a su vez, dio un largo
trago de agua. Tenía mucha sed, después de haberse tomado un vermú y dos copas de vino.

–Esta casa también me pone nervioso.

–Sí, seguro –ella siguió bebiendo.

–Este salón nunca me ha gustado; la biblioteca,
tampoco. Debieras verla. Hablando de ostenta-
ción… Es la fortaleza de mi padre.

–Me pica la curiosidad.

–¿Te atreves a entrar en ella?

–Desde luego. Además, tu padre no está.

–Vamos a mirar la cueva del león mientras este

está fuera. Eres muy inteligente. Por eso me gustas.

Ella sonrió. Era agradable pensar que Tuck la consideraba inteligente. Ella lo respetaba por su forma de razonar y su juicio crítico. Y también se había ganado su respeto porque trabajaba duro.

Se levantó e hizo una mueca de dolor al volver a ponerse los zapatos.

—¿Te pasa algo? —preguntó él.

—¿Sería una grosería que fuera descalza?

—¿Descalza en la librería? —preguntó él sonriendo—. Desde luego, eres muy poco convencional.

—Menos mal que tu padre no está para verlo —ella se volvió a quitar los zapatos.

—Puede que le mande una foto.

—¿Para que me despida?

—Nadie va a despedirte.

—Pues tú lo hiciste.

—Fue un error. He aprendido la lección.

—Jamison estuvo a punto de despedirme. Dixon es el único que no ha intentado hacerlo.

—¿Cómo que mi padre estuvo a punto de despedirte?

—Cuando tuvo el infarto, cuando no quise decirle nada sobre Dickson.

—Pero tuvo el infarto y no le dio tiempo.

—No me alegré. Ni siquiera por poder conservar el empleo le desearía a alguien que tuviera un infarto. ¿Tendría que habértelo dicho? ¿Crees que fue culpa mía? No lo había pensado antes. Jamison tuvo un infarto porque me negué a ayudarlo.

–Mi padre tuvo una ataque al corazón –apuntó él deteniéndose a mirarla– por su afición a las costillas de cerdo, las trufas de chocolate y los puros cubanos. No te tortures –agarró el picaporte de una puerta de madera–. ¿Estás preparada?

–No estoy segura de no sentirme culpable.

–Pues deberías. De todos los elementos estresantes de la vida de mi padre, tú serías el último de la lista. Si quieres echarle la culpa a alguien, échasela a Dixon.

–Dixon tenía que marcharse.

–Sí, ya sé lo que opinas al respecto. Entonces, échame a mí la culpa, o a Margaret. Tener una aventura con ella le debía de crear estrés –Tuck abrió la puerta.

Amber entró. Había sillones de cuero gastado y, en el centro de la habitación, una mesa oblonga rodeada de ocho sillas antiguas, tapizadas en damasco.

–Me lo imagino aquí –afirmó ella.

–Yo intento no hacerlo –de pronto, Tuck la agarró de la mano–. Ven. Quiero que te sientes aquí –le indicó uno de los sillones.

Ella se sentó.

–Quiero poder imaginarte aquí, sin zapatos –inesperadamente, Tuck rodeó el sillón y le soltó el cabello–. Perfecto –la miró con atención.

–¿Qué pasa? –preguntó ella con timidez.

–Una cosa más –le bajó una hombrera. La excitación se apoderó de él. Dio un paso atrás–. Así es como quiero recordarte en esta habitación.

El cuerpo de ella se inflamó bajo su mirada. Él siguió contemplándola con los ojos turbios de deseo.

–¿Quieres ver mi habitación preferida?

Ella sabía que debía negarse, sin embargo, en sus labios se formó un sí.

Amber se sorprendió cuando entraron en el salón del segundo piso.

–No era lo que te esperabas –dijo él.

–Ni por asomo –ella pasó la mano por el respaldo del sofá. Descalza, con el pelo suelto y una hombrera del vestido caída, parecía formar parte de aquella estancia. Estaba fantástica.

–Esta habitación me mantiene con los pies en la tierra.

–No me parece que seas una persona con los pies en la tierra –apuntó ella sonriendo.

–¿Qué te parezco?

–Consentido, mimado y afortunado. Te soy sincera. Aunque eres más complicado que eso.

–Gracias por darte cuenta.

–Tardé en dármela –ella rodeó el sofá y se detuvo frente a él, con su rostro fresco y adorable.

Tuck la recordó desnuda, recordó cada detalle de su cuerpo: la curva de las caderas, la redondez de los senos, el azul de sus ojos cuando la pasión la dominaba…

–Pues yo solo tardé medio segundo en fijarme en ti –afirmó él.

–¿Y qué viste?

Ella estaba tan cerca que iba a volverse loco. Si movía levemente la mano, le tocaría la cintura. Si se inclinaba unos centímetros, podría besarla o, al menos, averiguar si ella se lo permitía.

–Tus ojos, tus zapatos y tu llamativa boca.

–Alguien debiera mantenerte a raya.

–¿Quieres hacerlo tú?

Ella no contestó, pero sus ojos se oscurecieron.

–¿Sabes lo que yo quiero hacerte?

Ella entreabrió los labios y él se le acercó todavía más y la agarró de la mano. Le echó hacia atrás el cabello y se lo puso detrás de la oreja.

–Besarte –susurró–. Tomarte en mis brazos, quitarte el vestido y hacerte el amor lenta y largamente.

–No era eso lo que me esperaba –replicó ella con voz entrecortada.

–¿Ah, no? –la besó en el hombro y se regodeó en la dulzura de su piel.

–Es mentira –confesó ella.

La volvió a besar cerca del cuello.

–Era justo lo que me esperaba.

–Pero, de todos modos, has subido.

–Sí –respondió ella poniéndole las manos en el pecho–. Te deseo, Tuck, aunque finjo que no es así.

–Pues yo no puedo fingirlo –dijo él mirándola a los ojos.

–Me parece que tenemos que…

–¿Hacer el amor?

–Establecer una serie de normas.

–Desde luego, lo que quieras –afirmó él. Y la besó tiernamente en los labios.

–Esto no puede influir en nuestro trabajo.

Él volvió a besarla. No veía cómo aquello iba a ser posible, pero no iba a mostrar su desacuerdo.

–Muy bien.

–No me despedirás, ni me ascenderás, ni me tratarás mejor ni peor porque…

–¿Me fascines? No voy a despedirte.

–Ni a ascenderme.

–Probablemente no, aunque creo que ya lo he hecho.

–No me estás escuchando.

–Es que me distraes –afirmó él antes de volver a besarla.

–Tenemos que dejar las cosas claras –apuntó ella apretándose contra él.

–La sala de juntas no puede estar en el dormitorio –dijo él al tiempo que la abrazaba y suspiraba de alegría. Era en sus brazos donde ella debía estar y donde él quería que se quedara.

–Exactamente.

–Pues, entonces, cállate, Amber. Estamos muy lejos de la sala de juntas –volvió a besarla, y la pasión se apoderó de él.

Ella le devolvió el beso y le rodeó el cuello con los brazos. Él la apretó contra sí y le metió el muslo entre las piernas. Ella susurró su nombre, le quitó el cinturón y le bajó la cremallera de los pantalones. Y, con la mano, aumentó aún más su deseo.

–No sigas, Amber –rogó él al darse cuenta de que estaba perdiendo el control.

–No puedo esperar –dijo ella con voz ronca–. Estoy harta de esperar.

Él le arrancó las braguitas, se dejó caer en una silla y la sentó a horcajadas en su regazo. Ella le bajó los pantalones. Estaba tensa y caliente. Él la agarró de las caderas y la penetró. Ella lo agarró por los hombros y echó la cabeza hacia atrás.

–¡Oh, sí! –susurró.

–Eres maravillosa –dijo él–. Fantástica. Espectacular.

Ella le clavó las uñas y sus muslos se apretaron en torno a él. Tuck perdió la noción del tiempo según aumentaban el ritmo. El mundo desapareció. No existía nada más que Amber. Él no tenía fin ni ella principio. Se habían fundido en un solo ser.

Ella gritó su nombre. Su cuerpo se contrajo y él la siguió al abismo en una cascada de sensaciones. Se echó hacia atrás en la silla, le tomó el rostro entre las manos y la besó. Y deseó que aquella euforia durara eternamente.

–Quédate –le murmuró al oído–. Te quiero en mi cama y en mis brazos. La noche en Arizona fue una tortura después de que te fueses.

–De acuerdo –dijo ella.

–De acuerdo –repitió él mientras, aliviado, se relajaba.

***

El sonido del móvil despertó a Amber de un profundo sueño. Percibió al instante el cuerpo desnudo de Tuck, que la abrazaba. El teléfono volvió a sonar. Se incorporó y lo buscó en la mesilla de noche. Tuck gruñó y se removió a su lado. El teléfono sonó por tercera vez.

–¿Lo en encuentras? –preguntó él.

–Sí, está aquí. ¿Dígame?

–¿Amber Bowen? –era una voz femenina.

–Sí, soy yo.

–Soy Brandy Perkins, enfermera del Memorial Hospital.

–Hola. ¿Ha pasado algo?

–¿Puede venir a maternidad lo antes posible?

–Desde luego. ¿Jade está bien?

Tuck se sentó a su lado

–La presión arterial se le ha disparado. El bebé está sufriendo, por lo que le vamos a hacer la cesárea.

–Salgo ahora mismo –Amber colgó al tiempo que se levantaba.

–¿Qué pasa? –preguntó Tuck.

–Me voy al hospital. Es Jade –Amber comenzó a vestirse.

–Te llevo –dijo él levantándose.

–No hace falta. Tengo el coche.

–Estás preocupada. No debieras ir sola –observó él mientras se vestía.

–No sé cuánto tiempo tendré que quedarme en el hospital.

–¿Qué más da?

–Quiero ir en mi coche –se dirigió a la puerta del dormitorio. Los zapatos seguían en la biblioteca. Estaba segura de recordar el camino.

–¿Qué ha pasado? –preguntó Tuck siguiéndola.

–Le ha subido la presión arterial. Le van a hacer la cesárea. Sabía que cabía esa posibilidad, pero todo iba tan bien que no me esperaba…

Sabía que el problema podía poner en peligro la vida de su hermana y del bebé, pero no había contemplado esa posibilidad. Había pecado de optimismo. Tal vez si hubiera estado más tiempo en el hospital en vez de preparar una fiesta y dormir con Tuck… ¿Y si se hubiera dejado el móvil en el piso de abajo y no lo hubiera oído? ¿Y si se hubiera quedado sin batería durante la noche?

–¿Jade está ya en el hospital? –preguntó Tuck mientras bajaban las escaleras.

–Lleva allí dos semanas.

–¿Y por qué no me habías dicho nada?

–¿Y por qué iba a haberlo hecho? –preguntó ella mientras entraban en la biblioteca.

–No sé. Porque nos vemos todos los días.

–Solo porque trabajamos juntos.

Ella se dirigió al salón. Las llaves del coche estaban en el bolso. Estaba a una media hora del hospital. Llegaría sobre las tres de la mañana.

–Exacto –dijo Tuck con voz extraña–. Trabajamos juntos. Eso es todo.

Ella se detuvo para observar su expresión.

–Tengo que ir a ver a mi hermana.

–Te llevo.

– No. Buenas noches, Tuck.

Había muy poco tráfico y encontró aparcamiento en el hospital. Fue directamente a la habitación de Jade. Sabía que su hermana no estaría, pero esperaba que las enfermeras la informaran. Vio a Brandy,

–¿Cómo está Jade?

–Todavía está en la mesa de operaciones.

A Amber no le gustó la expresión de su rostro. Durante todo el trayecto hasta allí se había dicho que Jade y el bebé estarían bien.

–¿Qué ha pasado?

–Ha tenido un ataque.

Amber sintió que le fallaban las piernas. Brandy la tomó del brazo.

–Vamos a sentarnos.

–¿Ha…? –Amber no pudo terminar la pregunta–. ¿Y el bebé?

–Los médicos están haciendo todo lo posible –Brandy la condujo a la sala de espera y se sentaron–. El bebé estaba a punto de nacer.

–Así que tiene posibilidades de luchar.

–Muchas.

–Y lo único que puedo hacer es esperar.

–Sé que es difícil.

Amber asintió. Allí estaba, preguntándose si su hermana y su sobrina vivirían o morirían.

–¿Le traigo algo? ¿Un café? ¿Un vaso de agua? –preguntó la enfermera.

–No, gracias.

–¿Quiere arreglarse un poco?

Amber se miró el vestido y se percató de cuál era su aspecto. Además, no se había desmaquillado antes de acostarse con Tuck, por no hablar de lo despeinada que estaría.

–¿Tengo muy mal aspecto?

–Podrá ver a Jade cuando se despierte y tomar en brazos al bebé –contestó Brandy sonriendo–. Así que no querrá asustarlos.

–Sí, seamos optimistas.

Una mujer salió por una puerta. Brandy agarró la mano de Amber y ambas se levantaron.

–Doctora Foster, esta es Amber, la hermana de Jade –dijo Brandy.

–Jade está débil –afirmó la doctora sin más preámbulos–. Hemos tenido que volver a ponerle el corazón en funcionamiento. Está recuperándose. Las constantes vitales se han estabilizado y la presión arterial está controlada.

–¿Se pondrá bien? –Amber necesitaba que se lo confirmara.

–Creemos que se recuperará completamente.

¿Y el bebé?

–Es un bebé sano –respondió la doctora sonriendo–. Una niña. Puede verla si quiere.

Amber asintió con los ojos llenos de lágrimas. Si inquietud desapareció y se sintió ligera como una pluma.

Capítulo Once

En cuanto Amber se hubo marchado, Tuck pensó que se había portado como un imbécil. A su hermana la estaban operando a vida o muerte, así que ¿qué importaba en esos momentos la relación entre Amber y él? Ya hablarían de ella al día siguiente, o cuando fuera.

Se duchó y se vistió y, de camino al hospital, se paró a tomarse un café y un bollo. Amber debía de estar agotada y muy preocupada, y él estaba decidido a compensarla por su comportamiento de la noche anterior. Necesitaba su apoyo, no que se pusiera a discutir con ella.

Tardó un rato en localizar el ala de Maternidad. Una vez allí, le dijeron que la hora de visita comenzaba a las siete, por lo que tuvo que esperar en el vestíbulo. Por fin pudo tomar el ascensor y, cuando se acercaba a la puerta de la habitación, oyó la voz de Amber.

—Es maravillosa —decía.

—¿Verdad? —contestó Jade con voz débil.

Tuck se sintió muy aliviado. No se había dado cuenta de lo preocupado que estaba.

—Gracias —prosiguió Jade—. Por estar aquí y por ayudarnos.

–No seas tonta. Por supuesto que iba a estar aquí y a ayudaros –miró a la niña–. Tiene tus ojos.

–Ya he pensado en el nombre que le voy a poner. La voy a llamar Amber. Por lo mucho que te debemos.

–Soy su tía, así que no me debéis nada. Mira qué carita, qué ojos tan azules y qué naricita. Creo que ella es una personita que merece su propio nombre.

–¿Estás segura?

–Claro. De todos modos, gracias por haber pensado en llamarla como yo.

Se produjo un silencio y Tuck avanzó unos pasos.

–¿Qué te parece Crystal? –preguntó Jade.

–Me encanta.

Tuck se dijo que tenía que entrar o marcharse, pero algo lo obligaba a seguir callado e inmóvil.

–¿Crees que las tres podríamos formar una familia? –preguntó Jade–. ¿La que no tuvimos?

–Sí –contestó Amber–. Crystal, tú y yo.

–Sin malos novios.

–Sin hombres en los que no se pueda confiar –dijo Amber con voz firme.

Tuck se preguntó si ella lo consideraba esa clase de hombre. Probablemente. Y probablemente creyera que Dixon era más digno de confianza, lo que, en aquellas circunstancias, era injusto. Se dijo que, si no quería seguir oyendo cosas como aquellas, debía dejar de escuchar a escondidas.

–No pasará miedo ni hambre ni se sentirá sola –apuntó Jade.

–Con nosotras estará a salvo.

–Buscaré trabajo.

Tuck llamó suavemente a la puerta.

–¿Se puede?

Amber levantó la vista. Estaba sentada al lado de la cama con una bata verde de hospital y tenía un pequeño bulto sonrosado en los brazos. Tuck no vio la cara del bebé, pero el cabello era oscuro como el de su tía.

–Tuck –dijo Amber sorprendida al verlo.

–Quería asegurarme de que todo iba bien.

–Hola, Tuck –Jade no parecía sorprendida y esbozó una sonrisa cansada.

–Felicidades –dijo Tuck al tiempo que se acercaba para ver mejor al bebé–. Es muy guapa. ¿Estás bien? –preguntó a Jade al tiempo que le apretaba la mano.

–Me duele todo, pero me pondré bien.

–Me alegro mucho.

–¿Cómo sabías que estaba aquí? –preguntó Jade.

Tuck no respondió, esperando que lo hiciera Amber. Pero ella siguió callada.

–¿Estabais juntos anoche?

–Hubo una fiesta de la empresa –contestó Tuck.

–Hemos pasado la noche juntos –dijo Amber.

Su respuesta emocionó a Tuck. Sí, habían pasado la noche juntos. Y no le importaba que se supiera.

–Lamento haberos interrumpido –observó Jade.

–Tenías la mejor de las excusas –aseguró Tuck.

Jade rio y, después, gimió a causa del dolor.

–Lo siento –dijo Tuck.

–No te disculpes por ser gracioso.

–¿Quieres que llame a la enfermera?

Crystal se retorció en brazos de Amber y lloriqueó un poco.

–Sí, llámala –respondió Jade al tiempo que tendía los brazos hacia su hija–. Quiero volver a darle de mamar. Vete a casa –le dijo a Amber.

–De ningún modo.

–Vete a descansar y a darte una ducha.

–No necesito descansar.

–Claro que sí.

–Si quieres, te llevó –se ofreció Tuck.

–Tengo el coche –Amber se puso de pie para que Jade agarrara a la niña–. De acuerdo, me voy, pero volveré.

–No esperaba menos –le aseguró Jade.

Tuck salió al pasillo a buscar a una enfermera.

–Adiós, cariño –dijo Amber.

Tuck sabía que se lo decía a su sobrina, pero le encantó la palabra. Encontró a una enfermera y se reunió con Amber en el pasillo.

–Estás agotada.

–Lo que estoy es aliviada –afirmó ella mientras se quitaba la bata–. Ha tenido una parada cardiaca.

–¿Cómo puedo ayudarte? –preguntó él abrazándola.

–Estoy bien. Estaba aterrorizada, pero ya pasó.

–Deja que te lleve a casa.

–No hace falta.

–Me sentiré mejor si lo hago. Necesito hacer algo útil.

–Ya lo haces. Mantienes la compañía a flote y me has vuelto a contratar, lo cual me ayuda a pagar las facturas.

De pronto, a Tuck se le encendió una bombilla en la cabeza.

–Veintiocho mil doscientos sesenta y tres dólares, ¿no?

–¿Qué?

–Jade ya estaba en el hospital cuando volviste. Eso es a lo que asciende la factura. Me pediste una prima y aceptaste ayudarme por tu hermana.

Por la expresión de Amber, supo que había dado en el clavo.

–¿Por eso me estás ayudando?

–En parte, sí. Ahora necesito trabajar más que nunca.

Él se separó de ella y retrocedió unos pasos.

–Espero que no me vayas a preguntar si me he acostado contigo para proteger mi empleo y ayudar a mi hermana. Me voy a casa a cambiarme. Nos vemos mañana en la oficina.

Amber tiró la bata en la papelera más cercana y se dirigió a los ascensores. Él quiso llamarla para seguir hablando. Tenía que saber lo que sentía por él y lo que la noche anterior había significado para ella. Pero no podía volver a ser egoísta. Jade la necesitaba, por lo que él debería esperar para saber qué lugar ocupaba en la vida de Amber.

Aunque hubieran pasado la noche o, mejor dicho, media noche juntos, Amber seguía pensando lo mismo de Tuck. Por muy tentador que le resultara dejar que la llevara a casa y que la consolara, no iba a fingir que tenían una relación sentimental. Tuck era su jefe, no su novio. En el mejor de los casos, estaban teniendo una aventura; en el peor, sería una aventura de dos noches.

Amber tenía a su hermana y a su sobrina. Ellas eran su familia y su apoyo emocional, no Tuck.

El lunes por la mañana, en la oficina, se armó de valor para verle. Se dijo que trabajarían juntos y que eso sería todo. Cerró los ojos y apretó los dientes. No iba a desear nada más.

—Buenos días, Amber —la voz de Dixon la sobresaltó.

—¡Dixon! —lo miró con los ojos como platos.

Estaba moreno y parecía en buena forma física y muy relajado.

—He vuelto.

—¿Cuándo?

Dixon no era de aquellos a los que les gustaba que los abrazasen, así que ella no lo hizo.

—Me enteré de lo de mi padre y ayer volé directamente hasta Boston y, después, hasta aquí.

—Bienvenido —estaba contenta de verlo. Era un gran alivio tenerlo de vuelta. Las cosas volverían a la normalidad. Y Tuck también lo haría.

–¿Está aquí? –preguntó Dixon indicando con la cabeza el despacho de su hermano.

–Eso creo.

–Estupendo –Dixon miró el montón de papeles que había encima del escritorio–. Parece que estás muy ocupada.

–Lo estoy.

–Pero, ¿volverás a mi despacho?

–Desde luego. Ahora mismo. ¿Qué tal el viaje?

–Esclarecedor.

–Tienes mejor aspecto.

–Me siento mejor que nunca. Estoy deseando volver al trabajo.

–Estupendo.

En ese momento se abrió la puerta del despacho de Tuck. Él apareció en el umbral y vio a su hermano. Amber notó que parecía decepcionado, pero inmediatamente adoptó una expresión neutra.

–Dixon, has vuelto –dijo.

–Sí, Tuck. No sé ya cuántas personas me han dicho lo mismo.

–¿Te has enterado de lo de papá?

Ninguno de los dos intentó acercarse al otro. A Amber le sorprendió la cautela con que se observaban. Dixon debía de estarse preguntando si Tuck estaba enfadado.

–Lo vi ayer –contestó Dixon.

–¿Y no me llamaste?

Dixon miró a Amber y luego a Tuck.

–¿Entramos en el despacho?

–¿Para qué? –preguntó Tuck cruzándose de

brazos–. Parece que prefieres mantener mejor informada a Amber que a tu propio hermano.

Dixon parecía desconcertado.

–No te ha delatado –apuntó Tuck.

Amber miró ansiosamente al pasillo. Le preocupaba que el personal oyera la discusión.

–La despedí y ni siquiera así me reveló tus secretos.

Dixon puso cara de no entender.

–Adónde habías ido… Dónde estabas… –le explicó Tuck.

–¿Por qué la despediste?

–Por insubordinación.

–Tuck, por favor –dijo Amber sin poder contenerse más.

–Su lealtad hacia ti ha renacido –afirmó Tuck con una fría sonrisa–. Supongo que, en realidad, no la había llegado a perder.

–Amber es tan leal como el que más.

–Será mejor que vayáis a hablar a un despacho o a la sala de juntas –les aconsejó Amber.

–Buena idea –observó Dixon.

–Amber es una persona llena de buenas ideas –dijo Tuck.

–¿Se ha estado comportando contigo como un idiota? –preguntó Dixon a Amber.

–En absoluto –contestó ella mirando a Tuck.

–Salvo cuando la despedí –afirmó él mirándola a su vez.

–¿Cómo conseguiste que volviera? –preguntó Dixon, que había notado la tensión entre ambos.

–Con dinero.

–Con una prima por firmar el contrato –explicó ella.

–No hay duda de que se la merece. Si se hubiera marchado de forma definitiva, tendrías que estarme dando explicaciones.

–¿Y si me las das tú de dónde demonios has estado dos meses?

–Supongo que te las debo.

–Tienes una cita con Lucas a las diez –dijo Amber a Tuck, dispuesta a marcharse.

–Ya veremos.

¿Qué significaba eso? ¿Qué se iba a marchar antes de las diez porque Dixon ya estaba en la oficina? Muy bien. A ella le daba igual. Mientras los dos hermanos se miraban con recelo, ella se fue rápidamente hacia el despacho de Dixon para volver a ocupar su escritorio. Tuck podía ir a despedirse o no. Era asunto suyo.

Tuck miró a su hermano, sentado frente a él en una sala de reuniones.

–Le dije a nuestro padre que tenía que marcharme, pero no me hizo caso –dijo Dixon.

–Os oí hablando en la biblioteca. Y también oí lo que opinaba de mí como vicepresidente. Nadie desea que su padre tenga tan mala opinión de él.

–Estamos hablando de Jamison Tucker.

–Pues contigo no tiene problemas.

–Bueno, todos sabemos que se debe a lo otro.

–¿Qué otro? No sé de qué me hablas –le aseguró Tuck.

–A la aventura.

–¿Con Margaret?

–¿Quién tiene una aventura con Margaret?

–Papá.

–¿Cómo? –preguntó Dixon, muy sorprendido–. ¿Por qué lo dices?

–Porque es verdad. Margaret se lo dijo sin querer a Amber.

–No es propio de Amber cotillear.

–No estaba cotilleando. Despierta, hombre. ¿Es que no sabes cómo es Amber? Haría lo que fuera por ti. Tiene más carácter del que te imaginas.

–Parece que la has llegado a conocer muy bien mientras he estado fuera.

–Llegado un cierto punto, me enfadé mucho con ella –Tuck no estaba dispuesto a revelar nada que pudiera avergonzarla–. ¿A qué aventura te referías?

–A la de mamá. No me diga que no lo sabías.

–¿Quién cree que mamá tuvo una aventura?

–Papá.

–¿Qué? ¿Cuándo?

–Hace treinta años. Unos meses antes de que nacieras.

Tuck se quedó paralizado.

–¿Me estas diciendo que no soy hijo de Jamison?

–Eres su hijo. Se hizo una prueba de ADN hace años.

–Entonces, ¿por qué me odia?

–No te odia. En mi opinión, te mira y piensa que podías haber sido hijo de otro.

–Qué confusión.

–¿Hasta ahora creías que éramos una familia normal? –preguntó Dixon riéndose con frialdad.

Tuck se levantó mientras todo se aclaraba en su mente. Nunca había tenido una oportunidad. Se había pasado la vida luchando por algo que no iba a conseguir. Tenía que marcharse, dejar la empresa, tal vez la ciudad, y buscar una nueva vida y una nueva profesión.

Llamaron a la puerta y entró Lucas.

–Has vuelto –dijo al ver a Dixon.

–Muy bien –Lucas se volvió hacia Tuck–. Gena quiere que nos reunamos los tres a las diez.

–¿Quién es Gena? –preguntó Dixon.

–La nueva directora financiera.

–Harvey se ha marchado –le explicó Tuck.

–¿Por qué?

–Te echaba de menos.

–¿Qué le hiciste?

–Nada –respondió Tuck dirigiéndose a la puerta–. ¿No ha sido ese siempre el problema?

Tuck se detuvo. ¿Dixon iba a recompensar a Harvey por su deslealtad? Iba a protestar, pero decidió no hacerlo. Dixon había vuelto. Su padre jamás lo aceptaría a él. Lo que opinara o dejara de opinar había dejado de ser relevante. Se volvió hacia Lucas.

–Dixon irá a la reunión de las diez.

Al final del pasillo se encontró con Amber, que había vuelto al escritorio frente al despacho de Dixon. Estaba colocando sus cosas.

–¿Así que ya está? –preguntó él.

–Mi jefe ha vuelto y me ha pedido que me traslade aquí.

–Y los deseos de Dixon…

Amber lo fulminó con la mirada. Tuck quiso decirle que tenía que volver a trabajar con él. Ojalá tuviera el derecho y el poder de hacerlo. Contra toda lógica, deseaba que su hermano no hubiera regresado.

–¿Y tú? –preguntó ella–. ¿Qué vas a hacer ahora?

–Nada.

No lo querían allí. Y no había nada que pudiera hacer por cambiarlo. Para el caso, podía muy bien ser hijo de otro hombre. Dos meses antes le hubiera dado igual, pero en aquel momento le importaba. Tal vez fuera por su orgullo herido, o porque le gustara la sensación de independencia y de haber conseguido cosas. O tal vez simplemente le gustara Amber. La iba a echar de menos y no estaba seguro de poder dejarla.

–¿Te marchas de la empresa?

–Sí –respondió él al tiempo que reprimía la necesidad de explicarle por qué.

Sabía que ella entendería por lo que estaba pasando, pero, al fin y al cabo, su relación no era personal. Ella se lo había dejado muy claro el día del hospital: era la secretaria de su hermano.

–Ya no seré tu jefe –añadió, dispuesto a darse una última oportunidad.

–Ya sabíamos que eso pasaría.

–Podríamos...

Ella enarcó las cejas y lo miró a los ojos.

–Salir juntos.

–¿Crees que es buena idea?

–Sí, puesto que te lo propongo.

–Ahora eres libre, Tuck. Estás a punto de salir por la puerta principal. Y lo entiendo. Dixon ha vuelto y tú has recuperado tu vida.

Tuck la miró en silencio. ¿Era así como lo veía? Al menos, ya sabía la verdad. Después de todo lo que habían hecho juntos, lo que se habían esforzado para conservar cuentas y clientes, ella creía que él se estaba limitando a esperar el momento de volver a irse de fiesta.

–Soy libre –masculló él.

–Entonces, no hay motivo para que nos sigamos viendo.

–Ninguno en absoluto –dijo él mirándola a los ojos.

A no ser que tuviera en cuenta lo que sentía por ella, lo mucho que deseaba estar con ella y lo mucho que deseaba que viera en él algo más que a un playboy irresponsable.

–Estaré ocupada con Dixon, Jade y Crystal.

–Y yo consiguiendo que mi nombre vuelva a aparecer en la prensa sensacionalista.

–Buena suerte –dijo ella sin titubear.

–Gracias.

Capítulo Doce

Amber echaba de menos a Tuck, y el dolor que experimentaba era mucho mayor del que se había imaginado. Cada día, al llegar a la oficina, se prometía que pensaría menos en él, que dejaría de imaginarse que oía su voz y que los pasos que se acercaban por el pasillo eran los suyos: que iba a superar aquello.

Jade había salido del hospital y Crystal era adorable, aunque no dormía muy bien. Amber se decía que su leve falta de sueño contribuía a su depresión. Todo aquello no podía deberse únicamente a un hombre.

Iban a ser las once y el teléfono no había dejado de sonar en toda la mañana.

—¿Me traes la carpeta de Blue Space? —le pidió Dixon desde la puerta abierta del despacho.

Esa carpeta estaba en el despacho de Tuck. Amber había evitado volver a entrar allí porque temía los recuerdos que le pudiera despertar, aunque allí no se habían besado ni, desde luego, habían hecho el amor.

—Voy a por ella.

—Van a llamarnos después de comer.

Amber se levanto con decisión y avanzó por el

pasillo. La puerta del despacho de Tuck estaba cerrada. La abrió y entró. Se detuvo y respiró hondo. Los recuerdos la asaltaron: Tuck riéndose, Tuck con el ceño fruncido, Tuck concentrado en su trabajo... Oyó su voz, sintió sus manos y se imaginó que la besaba.

–¿Amber? –la voz de Dixon, detrás de ella, la sobresaltó.

–Estoy segura de que está en el escritorio –comenzó a mirar el montón de carpetas que había en una esquina del mismo.

–Voy a comer con Zachary Ingles –dijo Dixon–. Quiero que vuelva a trabajar para nosotros.

–¿Por qué?

–Porque es bueno y porque se llevó un montón de cuentas cuando se fue.

–Pues eso no tiene nada de bueno.

A ella no le caía bien Zachary. No se fiaba de él. Samuel Leeds, su sustituto, era mucho más profesional. Pero ella no era quién para criticar las decisiones de Dixon.

–A Samuel le falta experiencia debido a su juventud –apuntó Dixon.

–Pero trabaja con entusiasmo.

–Excesivo.

Dixon había dicho lo mismo de Gena, la nueva directora financiera. Aún no la había sustituido, pero Amber sabía que Dixon se había puesto en contacto con Harvey.

–¿Vas a deshacer todo lo que hizo Tuck?

–¿Te refieres a si voy a reparar los daños?

170

Ella se mordió la lengua para no contestarle.

–Esto ha debido de ser un manicomio –añadió Dixon.

–¿Quién te ha dicho eso?

–Harvey.

–Pues menuda fuente de información –se dio cuenta de que había ido demasiado lejos.

–¿A qué viene eso? –preguntó Dixon en tono de reproche.

–Tuck se ha esforzado mucho.

–No me cabe la menor duda.

–Y no solo se ha esforzado, sino que ha tenido éxito. Es cierto que Harvey y Zachary se han marchado, pero debieras preguntarte lo que eso dice de ellos.

–No podían trabajar con Tuck.

–O no estaban dispuestos a hacerlo. Zachary te ha robado tus clientes, literalmente. No respetaba a Tuck y no ha sido leal contigo. Y, a propósito, acosa a las empleadas. Tuck llegó aquí sin tener ni idea de lo que debía hacer. Podía haberse marchado, pero no lo hizo. A pesar de saber lo que tu padre piensa de él y de cómo lo habíais tratado, aguantó. ¿Se lo has agradecido? ¿Se lo ha agradecido tu padre?

–Le hemos pagado.

–No lo ha hecho por dinero ni para salvar la empresa. Es orgulloso y resuelto. Recuperamos la mitad de los clientes que se habían marchado y conseguimos otros nuevos. Ha estado trabajando dieciocho horas diarias y se ha dedicado en cuerpo y alma a evitar que la empresa quebrara mientras tú te dedicabas a navegar. Contrató a Gena y Samuel, que, sí, son jóvenes, pero tienen buena formación y algo de experiencia. Y han aportado nueva energía a la empresa. Y todo ello gracias a Tuck, a quien se le lanzó aquí sin salvavidas.

Amber se calló e inmediatamente lamentó lo que había dicho. Seguro que el tercer dueño de Tucker Transportation la despediría.

—¿Ha pasado algo entre vosotros, Amber? —preguntó Dixon, claramente desconcertado.

—Lo he llegado a conocer —contestó ella, sin faltar a la verdad, pero sin implicarse personalmente.

—¿Lo has conocido bien?

—Mejor de lo que lo conocía. Cuando apareció por aquí, pensé lo mismo que piensas tú: que era un vago y un playboy y que se iba a estrellar. Ni siquiera lo ayudé. Bueno, claro que lo ayudé, pero no todo lo que hubiera debido. Entonces, me di cuenta de cuánto trabajaba y de su dedicación. Y comprendí que no era él quien había elegido estar alejado de la empresa, sino tu padre quien le había obstaculizado la entrada.

—Tiene un despacho.

—Eso mismo le dije yo. Y es verdad. Pero nadie quiere que esté aquí.

El miedo de Amber había desaparecido. Que sucediera lo que tuviese que suceder, pero no iba a dar la espalda a Tuck.

—Eso no es lo que te he preguntado, Amber. ¿Qué ha pasado entre vosotros?

–Nada.

Dixon esperó. No parecía convencido.

–Está bien. Pasó algo, pero ya se ha acabado.

–¿Te has enamorado de él?

–No –no podía ni debía estarlo. Había cometido errores con Tuck, pero no cometería ese.

–Siento que Tuck te haya hecho daño.

–No me lo ha hecho.

Y si se lo había hecho, lo superaría.

–Muy bien. Dime qué más sabes de Samuel.

–¿Por qué?

–Porque acabas de hacer un vehemente alegato en su favor. ¿Vas a abandonar ahora?

–Trabaja bien con Hope. Y yo respeto a Hope, que conoce bien las redes sociales.

–¿Crees que las necesitamos?

–Es como preguntar si necesitamos el teléfono o el ordenador. Claro que las necesitamos. Puede que tu padre no se haya dado cuenta, pero tú debes pensar en los próximos veinte años, no en los veinte últimos.

–Lo pensaré.

¿El qué? ¿Lo de las redes sociales o lo de conservar a Samuel?

–Tuck se ha esforzado en resaltar tu lealtad hacia mí –dijo Dixon riéndose–. Pero lo que estoy viendo es tu lealtad hacia él.

–No estoy siendo leal, sino justa.

–Entonces, yo lo seré contigo.

–¿No vas a despedirme?

–¿Por qué iba a hacerlo? –preguntó perplejo.

–Por darte mi opinión con tanta firmeza.

–No, no estás despedida. Contrataría a cincuenta como tú.

–Eres muy amable –afirmó ella al tiempo que le entregaba la carpeta.

–Espero recuperar tu lealtad.

–No la has perdido.

–Entonces, no sé exactamente qué es lo que se ha ganado Tuck.

Antes de que ella pudiera contestarle que su hermano no se había ganado nada, Dixon había salido del despacho.

Tuck contempló el móvil durante un minuto antes de volver a metérselo en el bolsillo. Iba de punta en blanco. Había reservado en el Seaside y comprado entradas para el teatro. Pensaba acabar la velada en el Hollingsworth Lounge.

MaryAnn era inteligente y muy divertida, pero él no tenía ganas de cenar, flirtear o acostarse con ella ni con ninguna otra. Estaba recuperándose de su relación con Amber, pero le estaba costando más que en cualquier otra ocasión.

Dixon entró por la puerta principal de la mansión y lo vio en el vestíbulo.

–¿Tienes una cita?

–Se ha anulado –Tuck no iba a decirle que había sido él quien lo había hecho con el pretexto de que tenía jaqueca.

–Entonces, ¿no vas a salir?

–No.

–¿Tomamos algo?

–Claro.

Tuck siguió a Dixon a la biblioteca y se sentó a propósito en la silla en la que lo había hecho Amber descalza. Sonrió tristemente ante el recuerdo.

–Hoy he hablado con Zachary –dijo Dixon al tiempo que le entregaba un whisky con hielo.

–¿Por qué?

–Quiere volver –observó Dixon sentándose–. ¿Qué te parece?

–Estoy seguro de que no quieres saber mi opinión al respecto.

–¿No crees que debiéramos volverle a contratar?

–Creo que habría que tirarlo por un puente.

–A Amber tampoco le cae bien –apuntó Dixon sonriendo ante el comentario de Tuck.

–Amber no es tonta. ¿Te ha dicho que su hermana ha tenido una hija?

–¿Cuándo?

–Hace dos semanas, justo antes de que volvieras.

–¿Está su hermana en Chicago?

–Sí –Tuck miró a su alrededor–. ¿Has pensado alguna vez en cómo nos criamos?

–¿Con un padre controlador y una madre distante?

–No, con grifos bañados en oro, sin tener que preocuparnos de lo que comeríamos.

–Los ricos también tienen problemas.

–Ya lo sé. A mí nunca me compraron un poni.

–¿Y el hecho de que papá creyera que no eras su hijo?

Tuck había reflexionado mucho sobre ello en los días anteriores, lo cual le había servido para confiar más en sí mismo, ya que no se había ganado el desprecio de su padre, sino que siempre había estado ahí.

–Me dijiste que yo lo sabía, Dixon. ¿Por qué creías que lo sabía?

–Por esa noche en que estábamos escuchando a escondidas.

Muchas noches, después de que la niñera los hubiera acostado, salían silenciosamente de la habitación y escuchaban las conversaciones del piso de abajo, sobre todo las de sus padres.

–Papá y mamá se estaban peleando a voz en grito. Él la acusó de andar con otros y afirmó que tú tenías el cabello y los ojos de un tal Robert.

–No lo recuerdo –comentó Tuck.

–¿No recuerdas haberte enterado de que tu padre podía ser otro?

–Puede que no lo entendiera. ¿Cuántos años tenía?

–Eras muy pequeño. Yo exclamé «¡vaya!» y tú me imitaste, por lo que deduje que lo habías comprendido.

–Creo que no fue así.

–¡Vaya! –exclamó Dixon.

–No quiero que las cosas sean como antes –apuntó Tuck–. Le guste o no a nuestro padre, la empresa también es mía. Soy tan hijo de él como tú. Y no voy a seguir temiendo dar mi opinión. Voy a enfrentarme a ti y a defender lo que considero correcto. Zachary se ha marchado y no va a volver; Harvey, tampoco. Amber... –no había pensado aún qué hacer con ella.

–Amber es estupenda –afirmó Dixon.

Tuck lo miró y no le gustó la expresión de su rostro ni el tono de su voz.

–Aléjate de ella.

–No puedo. Es mi secretaria.

–Eso es lo único que es tuyo.

–Ni mucho menos.

–Será mejor que me lo expliques –Tuck se levantó–. ¿Qué más es ella? ¿Qué es para ti? No está dispuesta a salir con su jefe ni debe hacerlo. Sería una enorme estupidez.

–¿Por qué?

–Porque acabaría mal para ella. Esas cosas siempre terminan así.

–¿Así que tú no has salido con ella?

–No –Tuck lo hubiera hecho, pero ella se había negado. Y había hecho bien.

–Y no te has acostado con ella.

–¿Qué? –Tuck fulminó con la mirada a su hermano.

–Pareces muy celoso para no haber salido con ella.

–Me importa, desde luego. Es una mujer fantástica que ha sufrido mucho y que ahora se ocupa de su hermana. Eso es lo que hace ella: ocuparse de los demás. Yo no le caía bien y, sin embargo, me ayudó. Y todo el tiempo que has estado fuera, te ha estado defendiendo.

–Pues, para una mujer que me es increíblemente leal, habla mucho de ti.

–¿Ah, sí? –Tuck estaba desconcertado.

–Tanto como tú de ella.

–Yo no…

–Basta ya, Tuck. Estás obsesionado con ella.

–Me gusta. ¿Qué de ella no va a gustarme?

–¿Crees que es guapa?

–Lo creerá todo el que tenga ojos –respondió Tuck ante la estupidez de semejante pregunta–. ¿Has visto los zapatos que lleva?

–No, no me he fijado. Pero ¿por qué no has salido con ella?

–Porque era su jefe.

–Y ahora, ¿por qué no se lo pides?

–Lo he hecho, pero ella no ha querido.

–¿Te ha dado alguna razón para negarse?

–No se fía de mí. Se le ha metido en la cabeza que sigo siendo un playboy irresponsable.

Tuck sabía por qué pensaba ella así, pero se equivocaba. Si le hubiera dado una oportunidad, habría comprobado que podía confiar en él.

–Entonces, ¿ya está? ¿No vas a luchar?

–¿Cómo se lucha contra algo semejante?

–¿Cómo luchas contra papá y contra el concepto que tiene de ti?

–Defendiendo mis derechos y el sitio que me corresponde en la familia. Pero no es lo mismo en el caso de Amber. No tengo ningún derecho sobre ella.

–Lo tienes si está enamorada de ti.

Tuck se quedó petrificado.

–¿Por qué dices eso?

–Se lo he preguntado.

–¿Y te ha dicho que sí? –preguntó Tuck con mucho esfuerzo.

–Me ha dicho que no, pero me ha mentido –Tuck lo miró, desconcertado–. Está enamorada de ti, hermanito.

–No puede ser –Tuck no se atrevía a albergar esperanzas.

–No digo que sea inteligente o correcto estarlo, pero lo está.

El cerebro de Tuck parecía que le iba a estallar. ¿Era posible? ¿Debiera volver a intentarlo?

–Debes luchar –le aconsejó Dixon–. Eres duro, inteligente y sabes lo que quieres. Lucha contra papá, lucha contra Amber cuando se muestra obstinada y, por supuesto, lucha contra mí si me equivoco.

–Te equivocas en muchas cosas, pero espero que tengas razón en esta.

–¿La quieres?

–Sí –afirmó Tuck sabiendo que era una verdad irrevocable. Estaba enamorado de Amber e iba a luchar por ella con todos los medios a su alcance.

***

Amber tenía a Cristal en brazos y la acunaba mientras Jade escribía una redacción en el portátil. Amber se dijo que formaban una familia. Había recuperado su empleo y el futuro parecía prometedor. La pequeña Crystal estaba muy bien y se iba a criar feliz sabiendo que su madre y su tía la cuidarían.

Desvió la mirada hacia una revista que había sobre la mesa de centro y que Jade había llevado al volver de hacer la compra. En el extremo izquierdo de la portada se veía una foto de Tuck con una hermosa mujer rubia. Amber no sabía quién era ni cuándo se había sacado la foto, pero sintió celos.

Tuck había vuelto a su antigua vida. Las palabras de Dixon seguían resonando en su cerebro: «¿Estás enamorada de Tuck?».

¿Cómo podía haberse enamorado de él? ¿Cómo había sido tan estúpida? Bastante tenía con el hecho de que su hermana y la niña vivieran con ella, a pesar de que Jade estaba estudiando en serio. Amber estaba segura de que aprobaría los exámenes y sería una madre estupenda.

Besó a Crystal en la cabeza. Se sentía optimista con respecto al futuro. Lo único que debía hacer era quitarse a Tuck de la cabeza.

Sintió una opresión en el pecho.

–¿Amber?

Esta tragó saliva.

–¿Sí?

–¿Qué te pasa?

–Nada.

Jade se levantó.

–¿Es demasiado?

Era demasiado. Amber no sabía si sería capaz de olvidarse de Tuck y no quería seguir negando lo que sentía.

–¿Crystal y yo te damos demasiado trabajo?

–¿Qué? No, cariño, no sois vosotras.

–Estás triste.

–Solo estoy cansada.

–No, estás triste.

–Lo echo de menos –reconoció Amber.

–¿A Tuck?

–¿Cómo puedo echarlo de menos? Sé quién es. Y sé hacia dónde íbamos. Pero parece que no soy capaz de superarlo.

Jade se acercó a ella con expresión compasiva.

–Sé cómo te sientes.

–¿Y se pasa?

En ese momento llamaron a la puerta.

–Al final, la cabeza acaba venciendo al corazón –afirmó Jade–. Aunque tarda un tiempo.

A Amber no le gustó que le dijera eso. Su cabeza siempre había sido más fuerte que su corazón y, gracias a ello, se había mantenido cuerda y segura. ¿Por qué le fallaba en aquellos momentos?

Volvieron a llamar. Jade fue a abrir.

Amber abrazó a su sobrina con fuerza.

–Busco a Amber –la voz de Tuck hizo que esta se irguiera en la silla–. ¿Está en casa?

Un zumbido comenzó a sonarle en el cerebro y se le extendió por el pecho y el resto de los miembros. ¿Qué hacía Tuck allí?

–¿Qué quieres? –preguntó Jade.

–Hablar con ella.

–¿Sobre el trabajo?

–Sí.

Amber se puso en pie lentamente, con cuidado para no molestar a Crystal.

–Está bien –dijo a su hermana.

Jade suspiró y abrió la puerta del todo.

Amber fue hacia ella.

–¿Tuck?

Jade tomó a Crystal en brazos mientras Tuck sonreía a la niña.

–Es muy guapa.

–¿Qué quieres? –preguntó Amber.

Tuck la miró a los ojos.

–El lunes voy a ir a trabajar.

Sus palabras la sorprendieron.

–Dixon está considerando la posibilidad de que Zachary vuelva.

–Ya me lo ha dicho –comentó ella.

–No es buena idea.

–Estoy de acuerdo.

Tuck miró hacia el interior de la casa.

–¿Te importa que entre?

Ella vaciló, pero no quería ser maleducada.

–No.

–¿Le dijiste a mi hermano lo que pensabas? –preguntó él mientras ella cerraba la puerta.

–Sí, y temí que me despidiera.

–Dixon no va a despedirte.

–No lo hizo –pero Amber había pensado que,

en el futuro, se guardaría sus opiniones para sí misma. Se había acostumbrado a ser sincera con Tuck, pero su relación con Dixon siempre había sido más formal, y debía respetarlo.

Mientras hacía carantoñas a Crystal, Jade se alejó por el pasillo con el propósito evidente de dejarles cierta intimidad.

—¿Piensas impedirle a Dixon que vuelva a contratar a Zachary? —preguntó Amber.

—Voy a intentarlo. Tengo la intención de volver a la empresa y luchar por lo que quiero —afirmó él mientras daba unos pasos hacia ella.

Ella se quedó desconcertada.

—¿Por qué?

—Porque también es mi empresa.

—Es mucho trabajo.

Tuck podía volver a tener el mejor de los mundos posibles, que solo había abandonado temporalmente.

—En efecto.

—No tienes que hacerlo.

—No estoy de acuerdo. Tucker Transportation no puede carecer de dirección.

—Pero Dixon…

—Dixon no lo sabe todo.

—Pero sabe mucho.

Tuck frunció el ceño.

—¿Qué opinas de mi hermano?

A ella le resultó extraña la pregunta.

—Ya sabes lo que opino. Nos hemos pasado semanas hablando de lo que pienso de tu hermano.

–Nos hemos pasado semanas intentando no to-carnos.

Amber no daba crédito a sus oídos.

–Te lo diré de otro modo.

–Buena idea.

–¿Qué piensas de mí?

–¿Ahora mismo?

–Ahora mismo.

Amber agarró la revista y se la puso frente al rostro a Tuck al tiempo que se recordaba a sí misma quién era él en realidad.

–¿Qué? –preguntó él.

–Pienso que eres lo que pareces.

–Esa es Kaitlyn.

–Menos mal que recuerdas su nombre.

–Esa foto es del año pasado, en un evento para recaudar fondos para animales. Para mascotas, no para los del zoológico.

–¿Para la Humane Society?

–Sí.

–¿Lo pasaste bien?

–¿Por qué me lo preguntas? ¿Qué importancia tienes eso ahora?

–Porque está en la portada de la revista.

Él la miró fijamente durante unos segundos.

–No salgo con nadie, Amber.

–Me da igual.

Pero mentía. Por supuesto que no le daba igual. No soportaba imaginárselo con otra mujer. Lo quería para ella sola y no sabía cómo dejar de hacerlo.

–Pues debiera importarte.

–Yo no…

–Te he preguntado lo que piensas de mí.

–Y te lo he dicho.

Él le arrebató la revista y la lanzó a la mesita.

–Dímelo con palabras.

Ella se dio cuenta de que, estando él tan cerca, no podía mentir.

–No eres bueno para mí.

–¿Por qué no?

–No me hagas esto, Tuck.

–¿Por qué no?

–Sabes que me atraes y que hay química entre nosotros, pero no podemos volver a lo de antes –dijo ella.

–¿Por qué no?

–¿Cómo que por qué no? –gritó ella.

¿Por qué insistía en obligarla a decírselo?

–Porque no es suficiente –añadió ella.

–¿Qué lo sería?

–Para, por favor –Amber quería que se fuera. Ya tenía el corazón hecho pedazos y su presencia lo estaba empeorando todo.

–¿Que te quisiera? –preguntó él.

Amber asimiló sus palabras y el cerebro le dejó de funcionar.

–¿Lo sería, Amber? Porque te quiero. Estoy enamorado de ti. Deseo trabajar contigo, salir contigo. Creo que incluso quiero casarme contigo; mejor dicho, estoy seguro de que quiero casarme contigo. Así que te lo vuelvo a preguntar: ¿qué piensas de mí?

Ella abrió la boca, pero fue incapaz de articular sonido alguno.

Él ladeó la cabeza.

–No sé cómo tomarme eso.

–¿Me quieres? –preguntó ella, por fin. Le resultaba increíble.

–Te quiero –Tuck extendió los brazos y la tomó de las manos–. Pero insisto en que respondas a mi pregunta, porque te juro, Amber, que no sé si debo besarte o salir por esa puerta.

–Bésame –dijo ella mientras el corazón le estallaba de alegría.

Tuck sonrió de oreja a oreja.

–Te quiero, Tuck. Bésame, por favor.

Él no esperó ni un segundo. La besó profundamente mientras la rodeaba con los brazos para abrazarla y atraerla hacia sí.

–Siempre podrás contar conmigo –le susurró él al oído–. Te prometo que tanto tú como Jade y Crystal podréis contar conmigo. Ahora y siempre.

–Me parece que estoy soñando, que esto no es real –apuntó ella mientra el calor del cuerpo de Tuck penetraba en el suyo.

–Es real, cariño. Y es para siempre.

No te pierdas, *La novia secuestrada,*
de Barbara Dunlop,
el próximo libro de la serie
Hombres de Chicago
Aquí tienes un adelanto...

Una pesada puerta de metal se cerró con estrépito detrás de Jackson Rush, y el sonido reverberó en el pasillo de la cárcel de Riverway State, en el noreste de Illinois. Jackson echó a andar por el gastado linóleo mientras pensaba que la prisión sería un decorado perfecto para una película, con los barrotes de las celdas, los parpadeantes fluorescentes y los gritos procedentes de los pasillos.

Su padre, Colin Rush, llevaba casi diecisiete años encerrado allí por haber robado treinta y cinco millones de dólares a unos inversores mediante su particular esquema Ponzi. Lo habían arrestado el día en que Jackson cumplía trece años. La policía irrumpió en la fiesta, que se celebraba en la piscina. Jackson todavía veía en su imaginación la tarta de dos pisos cayendo de la mesa y estrellándose contra el suelo.

Al principio, su padre proclamó su inocencia. La madre de Jackson había llevado a su hijo al juicio todos los días. Pero pronto se hizo evidente la culpabilidad de Colin. No era un brillante inversor, sino un vulgar ladrón.

Cuando uno de sus antiguos clientes se suicidó, perdió el favor del público y fue condenado a veinte años. Jackson no lo había vuelto a ver.

Llegó a la zona de visitas pensando que encontraría bancos de madera y auriculares telefónicos, pero se encontró con una habitación bien iluminada que parecía la cafetería de un instituto. Había doce mesas rojas con cuatro taburetes cada una. Algunos guardias deambulaban por ella. La mayoría de los visitantes parecían familiares de los presos.

Un hombre se levantó de una de las mesas y miró a Jackson. Este tardó unos segundos en reconocer a su padre. Había envejecido considerablemente y tenía el rostro surcado de arrugas, así como entradas en el cabello. Pero no había error posible: era él. Y le sonreía.

Jackson no le devolvió la sonrisa. Estaba allí contra su voluntad. No sabía por qué su padre había insistido en que fuera a verlo, cada vez con más urgencia. Al final, había cedido para que le dejara de enviar mensajes y correos electrónicos.

–Papá –lo saludó tendiéndole la mano para no tener que abrazarlo.

–Hola, hijo –dijo Colin con los ojos brillantes de emoción mientras se la estrechaba.

Jackson vio a otro hombre sentado a la mesa, lo cual le molestó y despertó su curiosidad.

–Me alegro de verte –añadió Colin–. Jackson, te presento a Trent Corday. Somos compañeros de celda desde hace un año.

A Jackson le pareció muy raro que su padre hubiera llevado a un amigo a la reunión con su hijo, pero no iba a desperdiciar ni un minuto en pedirle aclaraciones.

Bianca

Para salvaguardar el legado de los Acosta, debía poner en su dedo una alianza de oro

Con su identidad escondida tras una máscara, Allegra Valenti entró en el fabuloso baile veneciano decidida a crear recuerdos felices que la sostuvieran durante su inminente matrimonio de conveniencia. Pero un apasionado encuentro con un extraño enmascarado tendría consecuencias que darían al traste con su sumisa existencia.

El huraño duque español Cristian Acosta no podía creer que la enmascarada belleza con la que había perdido la cabeza por un momento fuese la hermana de su mejor amigo, la mimada heredera a la que despreciaba.

EL AMANTE DISFRAZADO

MAISEY YATES

Acepte 2 de nuestras mejores novelas de amor GRATIS

¡Y reciba un regalo sorpresa!

Oferta especial de tiempo limitado

Rellene el cupón y envíelo a
Harlequin Reader Service®
3010 Walden Ave.
P.O. Box 1867
Buffalo, N.Y. 14240-1867

¡Sí! Por favor, envíenme 2 novelas de amor de Harlequin (1 Bianca® y 1 Deseo®) gratis, más el regalo sorpresa. Luego remítanme 4 novelas nuevas todos los meses, las cuales recibiré mucho antes de que aparezcan en librerías, y factúrenme al bajo precio de $3,24 cada una, más $0,25 por envío e impuesto de ventas, si corresponde*. Este es el precio total, y es un ahorro de casi el 20% sobre el precio de portada. !Una oferta excelente! Entiendo que el hecho de aceptar estos libros y el regalo no me obliga en forma alguna a la compra de libros adicionales. Y también que puedo devolver cualquier envío y cancelar en cualquier momento. Aún si decido no comprar ningún otro libro de Harlequin, los 2 libros gratis y el regalo sorpresa son míos para siempre.

416 LBN DU7N

Nombre y apellido	(Por favor, letra de molde)	
Dirección	Apartamento No.	
Ciudad	Estado	Zona postal

Esta oferta se limita a un pedido por hogar y no está disponible para los subscriptores actuales de Deseo® y Bianca®.
*Los términos y precios quedan sujetos a cambios sin aviso previo.
Impuestos de ventas aplican en N.Y.

SPN-03